Frank Marx

Tödlicher Speed

Motorrad-Krimi

Vielen Dank an
Gertrud, Greta, Gülhan, Manja, Olivier, Simon und Winni

1. Auflage 2009

Foto: Kawasaki
Lektorat und Korrektorat: Martin Schempp
Gestaltung: Sylva Harasim
Druck und Bindung: Ebner & Spiegel, Ulm

ISBN 978-3-933385-49-9

Frank Marx

Tödlicher Speed

Motorrad-Krimi

HIGHLIGHTSVERLAG

2

1.

Noch zwölf Stunden bis zum Urlaubsbeginn. Axel Schröder begutachtete lächelnd die Ansammlung von Gegenständen auf seinem Garagenboden. Der erste Haufen versammelte alles Nötige für seine große Motorradtour nach Südfrankreich am Sonntag. Im zweiten Haufen stapelte sich seine Ausrüstung für das Renntraining auf der Rennstrecke von Assen am Samstag. Daneben lagen ein iPod und seine Dienstwaffe für den Freitag. Kommissar Schröder hoffte auf einen ruhigen letzten Arbeitstag bei der Kölner Mordkommission.

Einen Augenblick später klingelte sein Handy. Schröder starrte auf das Display und fluchte. Der ruhige Arbeitstag begann mit einem Anruf von Hauptkommissar Behrendt. Und endete wahrscheinlich auch damit.

„Hallo Schröder, ich hoffe, ich darf Sie vor Ihrem Urlaub noch mit dienstlichen Angelegenheiten behelligen …"

Schröder konnte das Vergnügen in Behrendts Stimme deutlich heraushören. Der Hauptkommissar war ein guter Vorgesetzter, aber ein Kollege kurz vor seinem Urlaub löste auch bei Behrendt einen Beißreflex aus.

„Ich rufe Sie nicht an, weil da ein Mann auf dem Wallrafplatz sitzt, mit einer Kugel in der Brust und ziemlich tot. So etwas kennen Sie ja. Ich rufe Sie an, weil er einen Motorradhelm auf dem Kopf trägt. Das sollte Sie als Motorradfahrer interessieren. Vielleicht haben Sie Lust, sich den Mann einmal anzuschauen?"

Schröder ließ den Blick von seiner Lederkombi auf dem Boden zu seiner Kawasaki in der Ecke schweifen. Hatte er Lust auf Ermittlungsarbeit? Auf rhetorische Fragen sollte man keine ernsthaften Antworten geben.

„Hauptkommissar, was ist denn das für eine Frage? Ein neuer

Fall am letzten Arbeitstag vor meinem Urlaub! Soll ich Ihnen ehrlich sagen, was ich davon halte?"

Aus dem Handy kam nur ein Knistern. Axel stellte sich Behrendts verblüfftes Gesicht vor. Er ließ ihn einen Atemzug lang zappeln, dann ergab er sich seinem Schicksal.

„Diesen Fall schaue ich mir natürlich sehr gerne noch an. Chef, ich schwinge mich in mein Wohnmobil und bin in 20 Minuten vor Ort!"

Axel schnallte sich seine Walther um und steckte den iPod in die Jackentasche. Seine Ausrüstung für die nächsten Tage war beinahe vollständig versammelt. Den Ersatzkanister, Werkzeug und anderen Kleinkram würde er heute Abend zusammensuchen müssen. Schröder ging durch die Verbindungstür von der Garage zurück in das Haus. Seit seine Frau Renate im letzten Jahr ausgezogen war, hatte die Inneneinrichtung ein modernes, sachliches Styling erhalten. Das bedeutete, dass die meisten Zimmer halb leer und nur sehr dezent möbliert waren. Die Matratze lag immer noch im leeren Wohnzimmer, wohin er sie damals gezerrt hatte. Axel blickte durch das große Verandafenster in den Garten. Der Rasen war nach bald einem Jahr Wildwuchs in einen hüfthohen Naturzustand übergegangen und undurchdringlich. Auf der Liste der Dinge, um die Axel sich dringend kümmern musste, stand das Wort „Gärtner" ziemlich weit oben – allerdings noch hinter solch Furcht einflößenden Worten wie „Steuererklärung", „Fitness-Training" und „Partnervermittlung". Axel sah sich selbst als Reflexion in der Scheibe des Verandafensters. Mittelalt, mittelgroß, zerzauste Haare und einigermaßen ansehnlich. Er grinste sich selber an. Die Sonne des Spätsommertages knallte auf die Steinplatten der Veranda. Ganz bestimmt würde es morgen in Assen bei seinem allerersten Mal auf einer richtigen Rennstrecke trocken sein. Axel spürte, wie sein Herz bei diesem Gedanken kurz beschleunigte.

Aber dann löste er den Blick von der Veranda und verließ das Haus. Er hatte eine Verabredung mit einem toten Motorradfahrer.

2.

Axel versuchte gar nicht erst, in der Nähe des Wallrafplatz einen Parkplatz für sein Wohnmobil zu finden. Mit pulsierender Warnleuchte kämpfte er sich bis zur Absperrung, die seine Kollegen in gehörigem Abstand um eine der Bänke auf dem Platz gezogen hatten. Die Bank selbst war hinter improvisierten Sichtblenden aus grauen Sanitäterdecken versteckt. Ein Polizeibeamter kam mit ausgestrecktem Zeigefinger auf ihn zu, sobald sich Axel aus seinem Wohnmobil fallen ließ. Axel kannte den Kollegen und wusste, dass er türkischstämmig war. Er kramte in seinem Kopf nach der richtigen türkischen Begrüßung, aber weil er seit Wochen mit dem Sprachkurs „Türkisch für Anfänger" auf seinem iPod nicht vorankam, war er zu langsam für den Kollegen.

„So jeht dat nit!", fuhr der ihn an, erkannte dann den Kommissar und ließ den Zeigefinger sinken.

„Da haben Sie ja ein ungewöhnliches Dienstfahrzeug, Herr Kommissar. Verdeckte Ermittlungen im Wohnmobil-Milieu oder was? Da vorne sitzt jedenfalls Ihr Kunde."

Axel hatte in seinem Gedächtnis ein Wort gefunden, das ihm beim Auswendiglernen besonders gut gefallen hatte. Leider erinnerte er sich nicht mehr an seine Bedeutung.

„Tesadüf?", sagte er deshalb vorsichtshalber mit einer fragenden Betonung. Der Kollege sah ihn ernst an.

„Ob das ein Zufall ist, müssen Sie herausfinden, Herr Kommissar. Ein Loch in der Brust entsteht allerdings selten zufällig, soweit ich weiß."

Axel trat hinter das Viereck aus kopfhohen Sichtblenden. Auf engem Raum standen Kollegen von der Spurensicherung bei dem Kriminalarzt Doktor Blessing und beschäftigten sich mit einem Mann, der aufrecht zwischen ihnen auf der Bank saß. Er trug eine dunkle Lederjacke, eine schwarze Hose und Blundstone-Schuhe. Man hätte ihn für einen WDR-Mitarbeiter aus dem nahegelegenem Funkhaus halten können, der auf dem Wallrafplatz eine kurze Pause machte. Allerdings störte in diesem Bild ein schwarzer Integralhelm mit getöntem Visier. Und ein feines Loch auf der rechten Brustseite, um das getrocknetes Blut glänzte.

„Morgen, die Kollegen!", rief Axel in die Runde. Brummtöne in unterschiedlicher Tonhöhe waren die Antwort. Alle wollten den Toten so schnell wie möglich von seinem Platz im Herzen der Stadt entfernen und ließen sich deshalb nicht ablenken. Nur ein Mann mit dichten grauen Haaren drehte sich um und machte eine einladende Handbewegung.

„Bitte übernehmen Sie, Herr Kommissar", sagte er mit einem gezwungenen Lächeln.

„Ich kann nichts dafür, Willi", sagte Axel. Kollege Dünne war seine Urlaubsvertretung und würde ab morgen den Fall an der Backe haben. Behrendts Entscheidung, die Ermittlungen heute Axel zu überlassen, schien ihm nicht zu gefallen.

„Erzähl mir kurz, was du weißt, ich kümmere mich heute um den Fall und ab morgen gehört er ganz alleine dir. Einverstanden?"

Dünne nickte und trat näher an Axel heran.

„Die Meldung kam vor knapp 35 Minuten. Ein Mann von der Stadtreinigung wollte den Plastikbeutel im Mülleimer neben dem Toten wechseln und hat das Blut gesehen. Wie lange der Tote schon hier ist, wissen wir nicht. So ein Motorradhelm ist zwar auffällig, aber der sitzt da ja ganz friedlich und aufrecht.

Der Doc meint, mit der Schussverletzung könne der Mann eine Zeit lang gelebt haben und sogar rumgelaufen sein. Seit wann der Mann tot ist, will er aber noch nicht sagen. Kann jedenfalls noch nicht lange her sein."

„Wissen wir etwas über die Identität des Toten?"

Ein Lichtreflex huschte über sie hinweg. Axel sah im Augenwinkel, dass ein Fenster im WDR-Gebäude hoch über ihnen geöffnet wurde und eine Fernsehkamera auftauchte. Jemand begann, die Szenerie auf dem Wallrafplatz zu filmen. Es wurde wirklich Zeit, mit dem Toten zu verschwinden. Kollege Dünne hatte die Kamera auch gesehen und trat noch näher an Axel heran.

„Weil wir gar nichts wissen, vermute ich, dass wir hier ein Schwergewicht sitzen haben."

Axel kniff die Augenbrauen zusammen. Dünne war normalerweise niemand, der gerne in Rätseln sprach.

„Was meinst du damit, Willi?", fragte Axel missmutig. Hoffentlich wollte der Kollege nicht die beleidigte Leberwurst spielen und die Sache unnötig kompliziert machen.

„Der Mann hat keine Papiere bei sich, gar nichts außer Bargeld. In der Kleidung fehlen, soweit ich das hier sehen kann, alle Label und Aufnäher. Und die Fingerkuppen unseres Rennfahrers hier …"

Dünne trat zu dem Toten und hob mit einer gummibehandschuhten Hand zwei Finger des Toten ein Stück an, sodass Axel sie sehen konnte.

„… die sind bestimmt nicht zufällig von Papillarleisten jeder Art befreit. Der Tote hat sich auf professionelle Art und Weise unidentifizierbar gemacht."

Axel ging in die Knie und starrte auf die glatten Fingerkuppen des Toten. Fingerabdrücke davon würden die Umrisse der Finger zeigen und nicht viel mehr.

„Kein Tesadüf", sagte er halblaut zu sich selbst. Diesmal kniff Dünne die Augenbrauen zusammen.

„Wie du gesagt hast, kein Zufall. Ich lerne türkisch, weißt du?", erläuterte Axel mit einem Lächeln. Dünne behielt seine Augenbrauen dicht beieinander.

„Wird wirklich Zeit, dass du mal Urlaub machst, Axel. Wenn du einverstanden bist, laden wir den Mann jetzt ein und fahren ihn in die Gerichtsmedizin. Du kriegst den Bericht dann zusammen mit der Aussage des Mannes von der Stadtreinigung so schnell wie möglich."

Axel nickte und trat zu dem Arzt, der seine Sachen in einem großen Koffer zusammenpackte. Er griff sich ein Paar Handschuhe und streifte sie schnell über. Nach all den Jahren war ihm der Gummigeruch immer noch unangenehm. Axel stellte sich vor den Toten und versuchte, das Visier hochzuklappen. An seinem eigenen Helm gab es auf der linken Seite eine Kante, gegen die er zum Öffnen von unten mit dem Daumen drücken konnte. Jetzt stand er über dem Helm und musste am Visier ziehen, statt dagegen zu drücken. Die Erinnerung an seinen letzten Erste-Hilfe-Kursus schoss ihm durch den Kopf. Ein anderer Teilnehmer hatte das ohnmächtige Unfallopfer gespielt, während Axel mit einem weiteren Kursteilnehmer minutenlang vergeblich versuchte, den Helm zu öffnen und ihn vorsichtig vom Kopf zu ziehen. Axel hatte sich anschließend gewünscht, niemals den Helm eines verunglückten Motorradfahrers abnehmen zu müssen. Oder ihn abgenommen zu bekommen. Jetzt nickte der Tote ein wenig mit dem Kopf, als Axel das Visier mit beiden Händen nach oben zog, bis es einen Spaltbreit offen stand. Dann hielt er die Kante des Helms mit einer Hand fest, während er das Visier vollständig hochklappte. Axel beugte sich vor und blickte in den Helm. Unergründliche braune Augen sahen ihn an.

„Okayokay, packen wir hier zusammen und ziehen um, Kollegen. Die Touristen brauchen einen ungestörten Blick auf den Dom."

Axel trat vor die Absperrung und sah zu, wie zwei dunkel gekleidete Männer vom Bestattungshaus Pilartz mit einem grauen Zinksarg hinter dem Deckenverschlag verschwanden. Aus dem Augenwinkel sah er den türkischstämmigen Kollegen von eben mit raschen Schritten auf sich zukommen. Er startete in seinem Großhirn einen Suchauftrag nach angemessenen türkischen Worten, aber wieder war er nicht schnell genug.

„Kommissar, ich habe mich mal ein wenig umgesehen. Sie haben da ja einen toten Motorradfahrer. Wenn Sie ein passendes Motorrad dazu suchen, im Parkhaus da drüben steht eins. Der Motor läuft noch."

3.

Während Axel mit dem Beamten zum Parkhaus ging, versuchte er sich zu erinnern, ob im Türkischen zwischen der Anrede „Sie" und „Du" unterschieden wurde. Er hatte nämlich eine Redewendung im Kopf, wusste aber nicht, ob er damit den Kollegen unaufgefordert duzen würde. Aber die derzeitige Strategie, vor jedem türkischen Wort durchschnittlich drei Minuten nachzudenken, würde seine Lernkurve weiterhin ziemlich flach halten.

„Sizin adiniz ne?", fragte er in möglichst beiläufigem Tonfall.

„Ich bin Ali Kılıç, Herr Schröder."

Damit waren Name und Anrede schon mal klar. Oder hätte Axel als Ranghöherer das „Du" anbieten sollen? Ihr Verhältnis würde sich in den nächsten Minuten bestimmt noch eindeutiger klären. Sie betraten das Parkhaus durch die Ausfahrt für Autos und Axel folgte Herrn Kılıç über die Betonschleife in den ersten Stock. Die Spur der Auffahrt schloss sich hier direkt an die Ausfahrt an. Nahe an der Einbiegespur zu den Parkplätzen stand eine schwarze KTM LC8 und tuckerte vor sich hin. Der Ventilator des Kühlers heulte tapfer und Axels erster Impuls war es, den Motor auszuschalten. Er konnte sich gerade noch davon abhalten, den Zündschlüssel anzufassen, zückte stattdessen seinen Schlüsselbund und drückte mit der Spitze seines Wohnmobilschlüssels den Kill-Schalter an der KTM zur Seite. Der Motor erstarb mit einem Schlag und startete sofort eine Symphonie von Knackgeräuschen, während der Ventilator weiter auf Hochtouren lief. Axel ging um die KTM herum. Auch wenn ein alleingelassenes Motorrad mit laufendem Motor mehr als ungewöhnlich war, gab es noch keinen Beweis für einen Zusammenhang mit dem Toten vom Wallrafplatz. Das Motorrad schien unbeschädigt und zeigte keine Blutflecken.

„Lassen Sie doch mal den Halter feststellen", bat Axel den Kollegen Kılıç. Der zückte sein Funkgerät und begann, das Kölner Kennzeichen durchzugeben. Axel trat ein paar Schritte zurück, um sich einen besseren Überblick zu verschaffen. Viel weiter als bis zu einem gelben Transporter auf dem ersten Parkplatz neben der Auffahrt konnte er nicht zurückgehen. Dort ließ er sich auf Hände und Knie fallen und scannte mit dem Kopf dicht über dem Boden die Betonfläche unter dem Transporter. Nahe beim Hinterreifen glänzte etwas. Axel legte sich auf den Bauch und robbte noch näher an das Auto heran. Wie er vermutet hatte, lag dort eine Patronenhülse. Im Liegen fingerte er einen Kugelschreiber aus der Seitentasche seiner Jacke und spießte die Patronenhülse damit auf. Vorsichtig robbte er auf den Ellenbogen wieder neben das Auto und stand auf. Die Patronenhülse gehörte in eine 9-mm-Pistole und lag bestimmt noch nicht lange dort. Axel wechselte den Kuli mit der Hülse in die linke Hand, um in seiner rechten Jackentasche nach einem

Plastikbeutel zu suchen. Er ließ die Patronenhülse in den Beutel fallen und zeigte sie Kılıç, als der zu ihm trat.

„Lassen Sie mich raten, mit der Zulassung der KTM stimmt irgendetwas nicht, richtig?"

„Allerdings, Kommissar. Das Kennzeichen wurde vor drei Monaten gestohlen und gehört eigentlich zu einer Gold Wing. Das fühlt sich bestimmt nicht wohl an der KTM dort."

„Hätte mich auch gewundert, wenn ein Mann ohne Papiere und Fingerabdrücke sein Fahrzeug ordnungsgemäß anmelden würde. Ich frage mich allerdings, weshalb er unbewaffnet war. Bleiben Sie bitte hier, ich hole die Kollegen von der Spurensicherung, die sollen sich das einmal weiträumig ansehen."

Axel stapfte an der KTM vorbei auf die abfallende Betonkurve nach unten. Wegen des Gefälles ging er bei jedem Schritt leicht in die Knie und behielt seine Füße im Auge. Als das Gefälle nachließ und in ebenen Boden überging, sah er am Bordstein der Abfahrt etwas glänzen. Vor seinen Füßen lag eine zweite Patronenhülse. Axel blickte hoch. Der erste Stock lag nur wenige Meter zurück. Eine Patronenhülse, die nahe an der Auffahrt oben abgefeuert worden war, konnte leicht das Stück Gefälle bis hierher herabgerollt sein. Axel fingerte wieder nach dem Kugelschreiber. Die Suche nach einem weiteren Plastikbeutel verlief ergebnislos, er hatte nur einen Beutel bei sich und in dem ruhte bereits die erste Hülse. Axel hockte sich hin und nahm vorsichtig die Hülse vom Bordstein auf. Er würde die Patronenhülsen gut voneinander unterscheiden können, auch wenn beide im selben Beutel landeten. Dies hier war keine Hülse, die zu einer 9-mm-Pistole passte, sie gehörte eindeutig zu einem größeren Kaliber. Axel richtete sich auf und schob sie in den Beutel. Es gab also zwei Waffen und zwei Schützen. Aber hatten beide auf den Toten vom Wallrafplatz gefeuert oder hatte der selber einen der beiden Schüsse abgegeben? Und wo war dann die Waffe, die offensichtlich von der anderen Seite der KTM abgefeuert worden war? Axel wünschte sich einen Augenzeugen, der dieses ganze Wirrwarr aufklären würde. Er wand sich wieder dem Ausgang zu, um die Kollegen auf dem Wallrafplatz noch zu erwischen. An der Wand hinter dem Schlagbaum und dem Kasten zur Kontrolle der Parktickets hing eine Videokamera. Das dunkle Auge der Kamera sah ihn stumm an.

4.

Der sogenannte Technik-Raum der Kölner Kripo war nicht viel größer als die Umkleidekabine in einem Hallenbad. Zumindest wirkte er so klein, wenn sich ein Techniker und zwei Kommissare zwischen die zerdrückte Jalousie vor dem Fenster und den Bildschirm quetschten, auf dem die Videoaufzeichnungen aus dem Parkhaus zu sehen sein sollten. Der Gerichtsmediziner hatte in seinem Kurzbericht festgelegt, dass der Tote vom Wallrafplatz zwischen fünf und sechs Uhr in der Frühe an den Folgen eines Brustdurchschusses gestorben war. Axel und Kommissar Dünne baten den Techniker trotzdem, die Aufzeichnung schon ab vier Uhr abzuspielen. Die Todeszeit ließ sich nicht genau festlegen und beide wollten die Geschehnisse auf dem Parkdeck zumindest im Schnelldurchlauf auch schon vor dem relevanten Zeitpunkt kontrollieren. Der Techniker – weder Axel noch Kommissar Dünne konnten sich nach all den Jahren an seinen Namen erinnern – fummelte mit Kabeln herum und sprach dabei leise mit sich selbst. Axel wippte ungeduldig mit den Füßen und grinste Dünne an.

„Morgen, werter Kollege, morgen …“

„Ich weiß schon, Axel. Morgen ist Samstag und ich habe Dienst.“

„Ganz genau! Der eine oder andere von uns hat allerdings keinen Dienst und atmet stattdessen Rennstreckenluft ..."

Der Techniker drehte sich halb auf seinem Bürostuhl um und suchte Blickkontakt mit Axel.

„Wenn Sie in der Zwischenzeit ein wenig Fernsehgucken möchten, Herr Kommissar, ich habe hier eine interessante Dokumentation über ein Parkhaus in der Kölner Innenstadt. Wir beginnen an einem Freitagmorgen um vier Uhr ..."

Mit diesen Worten drückte er mit wichtiger Miene und ausgestrecktem Zeigefinger einen Startknopf vor sich. Er rollte mit seinem Stuhl ein wenig nach hinten, um Axel und Dünne den Blick auf den Bildschirm freizugeben. Die verwaschenen Grautöne der Überwachungskamera zeigten den Schlagbaum mit dem Ticketautomaten davor. Im oberen Drittel des Bildes und schon ziemlich unscharf sah man das Geländer des ersten Stockwerks mit einem kleinen Ausschnitt des Parkdecks dahinter. In der rechten unteren Ecke des Bildes lief eine digitale Einblendung der Uhrzeit. Die drei Männer sahen der Uhr dabei zu, wie sie auf 4:01 umsprang.

„Kein besonders spannendes Programm. Ist bestimmt *arte*.

„Können wir ein wenig vorspulen?", fragte Axel ungeduldig. Der Techniker drehte an einem Kontrollrad und die Bilder beschleunigten sich zu einer grauen Masse, die von schwarzen Schlieren durchzogen über den Bildschirm wischte. Die Zahlen der Uhrzeit in der Ecke flatterten vor sich hin, in Sekunden vergingen Minuten und das Bild begann, unmerklich heller zu werden. Der Sonnenaufgang über Köln drängte sich bis in die Tiefen des Parkhauses. Axel versuchte sich zu erinnern, was er in diesen Minuten der Nacht geträumt hatte, aber jede Verbindung zu diesem Zeitpunkt der Nacht war gekappt. Plötzlich huschte ein dunkles Rechteck durch das Bild.

„Moment mal!", rief Axel, aber der Techniker hatte das Bild bereits mithilfe des Kontrollrades gestoppt und ließ die Zeit langsam zurücklaufen. Ein dunkler Mercedes fuhr rückwärts die Ausfahrt hoch und verließ in den Tiefen des Parkdecks den Aufnahmebereich der Kamera. Wenige Augenblicke später sahen sie einen Mann in einem hellen Anzug rückwärts auf die Kamera zugehen, bevor er nach links abbog und aus dem Bild verschwand. Selbst auf dem unscharfen Bildausschnitt hatte er verdammt müde ausgesehen. Es war 4:29 Uhr.

„Spul noch mal langsam vor, bis der Wagen vor dem Schlagbaum steht", bat Dünne. Der Mann tauchte von links wieder auf, kehrte diesmal in Vorwärtsfahrt mit dem Mercedes zurück und wurde von dem Techniker gestoppt, als er gerade eine Plastikkarte in den Ticketautomaten steckte. Das Kölner Kennzeichen auf dem Nummernschild war gut zu erkennen.

„Der Mann hat kein Ticket aus Pappe, sondern eine Plastikkarte. Ich prüfe mal, ob dieses Kennzeichen einen Dauerparkplatz hat, aber ich bin mir ziemlich sicher, dass da jemand auf dem Weg zur Arbeit ist."

Axel notierte das Kennzeichen.

„Weiter geht's. Vielleicht ein bisschen langsamer, wir nähern uns ja allmählich der Tatzeit."

Wieder begann das graue Bild zu verwischen, wenn auch nicht so schnell und unscharf wie zuvor. Sie starrten auf den Bildschirm. Axel roch plötzlich, dass es Sommer war und drei Männer in einem kleinen Raum mit geschlossenem Fenster zusammenstanden. Bis auf das leise Surren des Abspielgerätes war es still. Ein Motorrad wurde aus dem hellen Rechteck der Auffahrt ausgespuckt und bremste abrupt auf den ersten Metern des Parkdecks. Ein Mann mit einem Integralhelm auf dem Kopf, in dunkler Motorradkleidung und festen Motorradstiefeln, schaltete den Motor aus, blieb aber auf dem Motorrad sitzen und stützte sich mit beiden Ellenbogen auf dem Tank ab. Der Mann saß auf einer Superduke. Axel bemerkte, dass sein Gehirn dem Motorrad auf dem Schwarz-Weiß-Bild automatisch den typischen Orange-Farbton von KTM verpasste. Der Techniker spielte wieder mit dem Kontrollrad und die Bilderfolge verlangsamte sich. Die drei sahen zu, wie der Mann in Zeitlupe eine Hand zum Helm führte und das Visier einen kleinen Spalt öffnete.

„Klapp auf, das Teil!“, rief Axel dem Mann auf dem Bildschirm zu.

„Oder nimm den Helm lieber ganz ab, es ist Sommer!“, ergänzte Dünne. Als hätte der Mann sie gehört, drehte er langsam den Kopf und sah für einen Augenblick in Richtung der Kamera. Das Visier des Motorradhelms war leicht abgedunkelt und von seinen Gesichtszügen nichts zu erkennen.

„Der weiß genau, dass da eine Kamera ist. Der guckt uns an, als wüsste er, dass wir ihm zusehen werden. Entweder ist der Typ sorglos oder verdammt cool!“

Dünne zuckte mit den Schultern.

„Auf jeden Fall ist er schlau genug, sein Motorrad so hinzustellen, dass wir das Kennzeichen nicht sehen können. Dies ist auch nicht der Tote. Es sei denn, irgendjemand zieht ihm gleich noch andere Schuhe an. Und das Motorrad sieht für mich auch nicht wie das Modell aus, das ihr im Parkhaus gefunden habt.“

Axel dachte kurz darüber nach, Dünne den Unterschied zwischen einer LC8 und einer Superduke zu erklären, ließ es dann aber sein. Wahrscheinlich hatte Dünne noch nicht einmal das Orange von KTM vor Augen. Der Mann auf dem Bildschirm schien nervös zu sein. In der leichten Zeitlupe, in der sie die Aufzeichnung betrachteten, bewegte er sich verlangsamt wie unter Wasser auf seinem Motorrad nach vorne und nach hinten, schaute über die Schulter und rollte ein Stück vor.

„Der Typ wartet auf jemanden, genau wie wir“, sagte Dünne gebannt. Die Uhrzeit in der Bildecke zeigte 5:02, als in der Auffahrt in Schritttempo ein zweites Motorrad auftauchte. Es umrundete die Superduke und parkte rechts von ihr vor einem Transporter. Der Fahrer, ganz in Schwarz mit einem dunklen Integralhelm auf dem Kopf, ließ den Motor laufen, kickte aber den Seitenständer heraus und stellte sich neben sein Motorrad.

„Ziemlich pünktlich, der Kollege“, sagte Axel.

„Jetzt bin ich wirklich mal gespannt, wie es weitergeht. Vielleicht ist *arte* doch gar nicht so schlecht …“

Ohne Sound, in Grautönen und Zeitlupe, begannen die beiden Männer auf dem Bildschirm ein Gespräch. Axel war fasziniert, dass er nur aus der Körpersprache der beiden Männer den Verlauf der Unterhaltung erahnen konnte. Sie begrüßten sich zunächst mit kleinen Gesten der Hände, die Köpfe zeigten ein zustimmendes Nicken. Einige Augenblicke vergingen, in denen Axel keinen Hinweis auf den Gesprächsinhalt erkennen konnte. Wahrscheinlich tauschten die beiden Männer ein paar belanglose Floskeln aus und machten Small Talk. Das Szenario änderte sich schlagartig, als der Mann auf der Superduke mit der rechten Hand den Reißverschluss seiner Jacke ein wenig herunterzog. Der Körper des zweiten Mannes straffte sich, er trat einen halben Schritt nach vorne und seine Hand zuckte in Richtung seines Hosenbunds.

„Ganz schön nervös, der Mann“, knurrte Dünne zwischen zusammengebissenen Zähnen. Der Superduke-Fahrer verlangsamte seine Bewegung, die sich dadurch zusammen mit der Zeitlupe der Wiedergabe auf eine absurde Tai-Chi-Geschwindigkeit reduzierte. Er schob die flache Hand in seine Jacke und kam mit einem metallisch glänzenden Gegenstand wieder heraus. Den hielt er hoch über seinen Kopf und zeigte ihn seinem Gegenüber.

„Stopp mal!“, rief Axel. Der Techniker drückte einen roten Knopf vor sich auf dem Abspielgerät. Der Mann auf der Superduke hielt den Metallkörper weiter über seinen Kopf und legte eine Pause ein.

„Du willst das Ding vergrößert sehen, was?“, fragte Dünne. „Wir sind zwar in der technischen Abteilung der Kölner Kriminalpolizei. Mit ein wenig Glück können wir ein Video abspielen, aber mit Bildausschnitten herumspielen, bis sich auf wunderbare Weise das Gesicht des Täters in der Reflexion eines Tankdeckels widerspiegelt, das können wir noch nicht.“

Der Techniker blickte über seine Schulter und schenkte Dünne einen angewiderten Blick.

„*Der kleine Zauberkasten*“, sagte Axel. Die Köpfe der beiden Männer vor ihm drehten sich, bis sie ihn fragend anschauen konnten.

„Hat euch als Kinder niemand den *kleinen Zauberkasten* geschenkt? Zaubertinte und so? Ein paar Kartentricks? Und die Anleitung, wie man mit der einen Hand ablenkt, während man mit der anderen den Trick macht?“

Axel tippte mit dem Zeigefinger auf die linke Seite des Mannes auf der Superduke.

„Der Herr dort hat etwas in der linken Hand, was vorher noch nicht da war. Ich finde, es sieht nach einer großkalibrigen Handfeuerwaffe aus. Die muss er gleichzeitig aus der anderen Tasche gezogen haben.“

Dünne und der Techniker beugten sich vor, bis ihre Köpfe aneinanderstießen. Dünne stieß einen Pfiff aus.

„Verdammt will ich sein! Der hält die Waffe so dicht am Körper, dass ich die übersehen habe. Der Kollege auf dem anderen Motorrad kann sie übrigens auch nicht wahrnehmen.“

Axel richtete seine Aufmerksamkeit auf die Mitte des Bildschirms.

„Und was hält der nun da hoch? Sieht aus wie eine Butterbrotdose aus Edelstahl."

„Genau das wird es sein. Ein Raubmord wegen eines Butterbrotes. Wir leben in finsteren Zeiten."

Dünne grinste und Axel grinste zurück. Er mochte Dünnes Art von Humor, aber es würde nichts schaden, ihn für ein paar Tage nicht zu sehen.

„Ich befürchte, den Mord werden wir gleich zu sehen bekommen. Bringen wir es hinter uns", schlug Axel vor. Der Techniker drückte einen anderen Knopf und der Mann auf der Superduke erwachte wieder zum Leben. Er hielt den Arm weiter nach oben gestreckt, aber man sah, dass er mit Nachdruck redete. Der zweite Mann antwortete mit stummen Lippenbewegungen und schüttelte den Kopf.

„Dicke Luft ...", sagte Dünne. Dann ging trotz Zeitlupe alles sehr schnell. Der zweite Mann redete weiter und griff sich dabei mit der rechten Hand unter seine Jacke in den Hosenbund. Als die Hand wieder auftauchte, hielt sie eine matt schimmernde Pistole. Axel erkannte sofort eine 9-mm-Glock. Der Mann streckte die Pistole in Richtung des Superduke-Fahrers und drückte ab. Als die Waffe auf dem Bildschirm losging, ergänzte Axels Fantasie die stumme Szene mit dem wohlbekannten Klang eines Schusses. Beide Männer standen sich einen Augenblick unbeweglich gegenüber, dann begann der zweite Mann unmerklich vornüber zu kippen.

„Und Stopp!", rief Axel wieder. Der Zeigefinger des Technikers tippte auf den roten Knopf und hielt den stürzenden Mann in unbehaglicher Schräglage fest.

„Das ging zu schnell. Ich habe keinen zweiten Schuss gesehen. Etwas zurück, bitte."

Der Techniker drehte an seinem Rad, der Stürzende richtete sich langsam auf und die drei Männer vor dem Bildschirm sahen fasziniert zu, wie sich die graue Rauchwolke um die Glock langsam in sich selbst zurückzog und in der Waffe verschwand. Mit spitzem Finger drehte der Techniker an seinem Kontrollrad und änderte wieder den Ablauf der Zeit. Die Glock streckte sich langsam dem Superduke-Fahrer entgegen, aber diesmal achtete Axel nicht auf die Glock, sondern auf den anderen Mann und jetzt sah er es: Mit einer fließenden Bewegung, die trotz der Zeitlupe schnell aussah, hob der den linken Arm leicht an und schoss. Ein kurzes Zucken ging durch den Körper des stehenden zweiten Mannes. Einen Sekundenbruchteil später wuchs die Rauchwolke wieder aus seiner Glock, dann hielt er wie verwundert inne und stürzte in Zeitlupe zu Boden. Der Superduke-Fahrer kickte mit der Anmut einer Ballerina den Seitenständer heraus und schob gleichzeitig die vermeintliche Brotdose zurück in seine Jacke. Er huschte zu dem Mann auf dem Betonboden und setzte einen Fuß auf die Glock, die jetzt auf dem Boden lag. Dann hob er sie langsam auf und steckte sie in seine Tasche. Er blickte auf den Mann am Boden vor ihm und hob dann seinen Kopf, bis das abgedunkelte Visier des Motorradhelms genau auf die Überwachungskamera zeigte. Axels Nackenhaare richteten sich auf.

„Der guckt uns wieder an! Der Typ weiß genau, dass er gefilmt wird!", rief Axel. Der Mann schwang sich auf seine Superduke und startete sie. Mit viel Gas und schleifender Kupplung wendete er das Motorrad fast auf der Stelle, schoss die Abfahrt hinunter und überbremste kurz vor dem Schlagbaum das Hinterrad. Die Superduke kam quer, rutschte beinahe weg und huschte unter dem Schlagbaum durch.

„Wow, was für ein Stunt!", rief Axel.

„Der Mann ist sehr schnell. Das nenne ich mal tödlichen Speed. Hast du den Bewegungsablauf vorher gesehen, wie flink der an der Glock war und sie gesichert hat? Der Typ ist ein Profi, das hat der mehr als einmal in seinem Leben geübt. Und das Nummernschild hat er uns auch beim Rausfahren nicht gezeigt."

Dünne war ganz aufgeregt.

„Was sind das bloß für Leute? Schießen um sich wie Westernhelden, fahren Motorrad wie in einem Playstation-Spiel und lassen sich die Fingerkuppen glattschmirgeln. Das ist hier Köln und nicht Liberty City!"

„Und da siehst du den letzten Akt in unserem Parkhaus-Drama. Des Toten Auferstehung."

Axel wies auf den Bildschirm, auf dem der Niedergeschossene sich gerade langsam aufrappelte und mit wankenden Schritten zur Rampe ging. Er tastete sich an der Wand entlang die Abfahrt hinunter. Am Schlagbaum verharrte er einen Augenblick und verschwand dann aus dem Blickfeld der Kamera. Axels Handy klingelte. Er checkte die Nummer auf dem Display und nahm das Gespräch an.

„Hallo Doc. Ja, heute bin ich noch für den Toten vom Wallrafplatz zuständig, Kollege Dünne erst ab morgen. Sie haben eine Überraschung für mich? Lassen Sie mich raten: Der Mann hat frische Schmauchspuren an der rechten Hand, richtig?"

Axel lauschte dem Schweigen des Gerichtsmediziners in der Leitung.

„Tut mir leid, Ihnen die Überraschung verdorben zu haben. Wir haben uns gerade seine Ermordung auf *arte* angesehen."

5.

Axel blickte auf seinen leeren Schreibtisch. Es war ein schönes Gefühl, am Tag vor dem Urlaub alle aktuellen Fälle und Aktenvorgänge abgeschlossen zu haben. Bis auf den einen. Axel klappte die dünne Akte auf und breitete den Inhalt vor sich aus.

Auf den Fotos vom Wallrafplatz sah der Mann mit seiner aufrechten Haltung überhaupt nicht tot aus, die Fotos von der Obduktion korrigierten diesen Eindruck allerdings schnell. Der vorläufige Bericht bestätigte die Vermutungen des Arztes. Der Mann hatte mit der Verletzung noch eine Weile leben und sogar gehen können. Die Todeszeit wurde durch die Videoaufnahme bestätigt. Und an den Fingern ließen sich auch mit größter Sorgfalt keine Fingerabdrücke abnehmen. So blieb die Identität des Toten weiter im Dunkeln. Doktor Blessing hatte lediglich einen Standardsatz verwendet, nach dem der Mann „vermutlich osteuropäischer Herkunft" war. Im letzten Satz des Berichtes erwähnte er, dass der Zahnersatz des Toten an einen Spezialisten weitergeleitet worden war und Axel noch im Laufe des Tages mit dessen Bericht rechnen könne.

Eine Anfrage bei der Zulassungsstelle hatte ergeben, dass im Kölner Raum 19 Superdukes in verschiedenen Farben zugelassen waren. Niemand wusste, ob die Superduke auf dem schwarz-weißen Video tatsächlich im knalligen Orange von KTM unterwegs war. Außerdem war es sehr wahrscheinlich, dass der Täter mit einem gestohlenen oder manipulierten Kennzeichen unterwegs war. Auf der Patronenhülse des Todesschützen war ein brauchbarer Daumenabdruck gefunden worden, aber ein erster Abgleich hatte keine Übereinstimmung mit den Fingerabdrücken aus der Datenbank erbracht. Die Kollegen hatten den Abdruck nun an Interpol geschickt, ein Datenabgleich mit dem Archiv dort würde mindestens 24 Stunden dauern. Auch hier endete die Ermittlung in einer Sackgasse.

Axel seufzte. Der Gedanke war verführerisch, die Akte zu schließen, sie Dünne auf den Tisch zu legen und nach Hause zu fahren. Axel wollte in Ruhe packen. Seit Tagen dachte er über eine Eselsbrücke nach, die ihn daran erinnern würde, vor der Abfahrt nach Assen den Zündschlüssel seiner Kawasaki einzustecken. Zurzeit lag der noch in einer Küchenschublade und versuchte, sich unsichtbar zu machen. Wann kam die letzte Gelegenheit, an den Schlüssel zu denken? Beim Einladen? Wenn er die Garage abschloss? Sobald Axel das Wohnmobil startete und sich auf den Weg machte, würde es zu spät sein. Also war das Starten des Wohnmobils die allerletzte Chance. Axel schloss die Augen und stellte sich das Zündschloss seines Wohnmobils vor. Sobald er den Autoschlüssel in das klobige Zündschloss steckte, würde ein grüner Kawasaki-Drache auf dem Beifahrersitz einen mittelgroßen Feuerstrahl ausspeien und ihn so an den Zündschlüssel seiner Kawasaki erinnern. „Zündschloss – Drache – Feuer, Zündschloss – Drache – Feuer." Axel wiederholte das Mantra noch ein paar Mal. Das sollte funktionieren. Hoffentlich ...

Er öffnete wieder die Augen und blickte auf die Obduktionsfotos. Der Tote lag nackt auf einer steinernen Tischplatte und starrte an die Decke. Sein Körper gab keinen Hinweis auf seine Identität preis. Die dunklen Haare und die leicht gebräunte Hautfarbe reichten als Beleg für eine osteuropäische Herkunft kaum aus, diese Merkmale konnte man bei jedem dritten Kollegen im Kölner Polizeipräsidium finden. Axel dachte an den Spezialisten für Zahnersatz, der vermutlich gerade vor einem Stück Keramik aus dem Mundraum des Toten saß. Konnte der an der Farbe der Ablagerungen erkennen, ob der Tote in seinem Leben häufiger Nussecken oder Baklava gegessen hatte? Das schrille Klingeln des altmodischen Diensttelefons unterbrach Axels Spekulationen.

„Von Zitzewitz, grüß Gott!", schrillte eine sich überschlagende Stimme aus dem Hörer. Axels Gehirn rotierte bei dem Versuch, die Stimme eines Kollegen zu erkennen, der ihn auf den Arm nehmen wollte. Weil keine Suchergebnisse zustande kamen, versuchte es Axel vorsichtig mit einer offiziellen Rückmeldung.

„Ja, äh, Schröder hier, Kripo Köln. Mit wem spreche ich?"

„Von Zitzewitz."

Axel wartete einen Augenblick, aber da kam nichts mehr.

„Hallo, Herr Zitzewitz. Was kann ich für Sie tun?"

„Kurdistan. Ich tippe auf Kurdistan. Hat Doktor Blessing meinen Anruf nicht angekündigt?"

Axel versuchte, aus Zitzewitz, Kurdistan und Doktor Blessing einen sinnvollen Satz zu bilden, fügte ohne Grund Nussecken und Baklava hinzu, dann fiel der Groschen.

„Herr Zitzewitz, schön, dass Sie anrufen. Der Zahnersatz des Toten stammt aus Kurdistan?"

„Vermutlich. Genau kann man das nicht sagen. Jedenfalls hat den niemand angefertigt, der in Mitteleuropa für Krankenkassen arbeitet. Einerseits zu viel Gold, andererseits eine, nun ja, ungewöhnliche Grundkonstruktion. Ich habe so etwas Ähnliches schon einmal gesehen, bei der Wasserleiche eines Iraners. Fortgeschrittenes Stadium, war sehr interessant. Sollten Sie Doktor Blessing einmal zu befragen."

Die Erinnerung an seine letzte Wasserleiche drängte sich in Axel nach oben, aber er konnte sie gerade noch rechtzeitig in Zaum halten. Ganz bestimmt würde er Doktor Blessing nicht befragen. Zitzewitz erschien ihm immer mehr wie eine Figur aus einem Sketch von Loriot.

„Und warum Kurdistan, Herr Zitzewitz?"

„Wie gesagt, das ist nicht viel mehr als eine Vermutung. Das Objekt hier sieht für mich wie die Arbeit eines Militär-Zahntechnikers aus. In der Türkei findet man genug private Zahnärzte und Zahntechniker, in Kurdistan kann einem nur die Armee weiterhelfen. Die kurdische Armee im Südirak, versteht sich."

Axel erinnerte sich an die Verhaftung Öcalans vor einigen Jahren. Das war keine gute Nachricht für die kurdische PKK in

Deutschland gewesen. „Müjde!“, schoss ihm durch den Kopf, „Gute Nachricht!“ auf Türkisch. Leider half ihm das bei diesem Fall nicht weiter.

„Kommissar Schröder, Doktor Blessing erzählte mir, der Tote habe einen Motorradhelm getragen?“

„Das stimmt, Herr Zitzewitz. Ziehen Sie daraus irgendwelche Schlüsse für den Zahnersatz?“

„Soll das ein Witz sein? Natürlich nicht! Aber vielleicht könnten Ihnen die Turkish Emirs irgendwie weiterhelfen.“

„Die Turkish Emirs? Wer oder was ist das denn?“

„Das ist eine Art Motorradklub türkischer Motorradfahrer in Deutschland. Die etwas jüngere Variante der „Türkischsultans“, des größten Motorradklubs für türkische Motorradfahrer hier bei uns. Ich dachte, Sie würden die kennen. Sie fahren doch auch Motorrad, habe ich gehört.“

„Das stimmt zwar, aber von beiden Klubs höre ich zum ersten Mal. Wieso kennen Sie die, wenn ich fragen darf?“

Die schrille Stimme am anderen Ende der Leitung wirkte plötzlich ein wenig beleidigt.

„Weil ich selbst Motorrad fahre, natürlich. Ich war schon einmal bei einem offenen Treffen der „Türkischsultans“ als Gast dabei.“

Axels Bild von Herrn von Zitzewitz veränderte sich schlagartig. Vielleicht war der Mann doch mehr als eine bessere Comic-Figur.

„Ach, Sie fahren auch Motorrad? Was fahren Sie denn?“

„Eine Münch Mammut. Und Sie?“

„Eine Kawasaki Z 1000.“

„Ach, ein japanisches Motorrad.“

Zitzewitz klang enttäuscht.

„Dann wünsche ich Ihnen gute Fahrt. Und, Herr Schröder, ich hoffe Ihnen ist klar, dass Türken und Kurden nicht in allen

Fällen ein entspanntes Verhältnis haben. Wenn Sie bei den Turkish Emirs jemanden befragen, dann sind Sie besser ein wenig diplomatisch bei dem Thema Kurdistan, nicht wahr?"

„Das verspreche ich Ihnen! Jedenfalls schönen Dank für den Hinweis. Auf Wiederhören, Herr Zitzewitz."

„Von Zitzewitz, Herr Schröder. Auf Wiederhören."

Axel sortierte die Bestandteile der Akte in die richtige Reihenfolge und legte sie wieder zusammen. Der Tote vom Wallrafplatz hinterließ keine Fingerabdrücke, aber man konnte seine Herkunft trotzdem mithilfe seiner Zähne bis in den Osten Kleinasiens zurückverfolgen. Die einzige weitere Information über ihn war: Er fuhr Motorrad. Und wer, wenn nicht andere Motorradfahrer aus Kleinasien in Köln, konnten seine Identität kennen? Axel beschloss, die Turkish Emirs zu suchen.

Weiterhelfen konnte ihm bestimmt Leo Nehls mit seinem Motorradladen AHS-Bike. Axel war Kunde bei Nehls und Nehls war auch ein alter Kunde von Axel – vor langer Zeit war Nehls einmal mit organisierter Bandenkriminalität von Motorradklubs in Berührung gekommen und Axel hatte ihn in einem anderen Fall verdächtigt. Nachdem Nehls sich als unschuldig herausgestellt hatte, kaufte Axel nach einigem Zögern bei ihm seine Z 1000. Leo Nehls hatte aber immer noch sein Ohr am Boden und wusste, was in der Kölner Motorradszene abging. Außerdem brauchte Axel für das Renntraining noch ein neues Paar Ohrstöpsel.

Axel quälte also das Wohnmobil durch die engen Straßen der Kölner Südstadt. Vor der langen Fensterfront von AHS-Bike standen Motorräder Spalier und zwischen den Platanen auf dem Mittelstreifen drängten sich Autos. Axel musste fast bis zum Friedenspark fahren, bis er das Wohnmobil unter den wachsamen Augen des steinernen Adlers auf dem Denkmal abstellen konnte. Axel beschloss, die wenigen Minuten Fußweg bis zum

Laden für eine kleine Türkisch-Lektion zu nutzen. Er fummelte aus der Jackentasche die Kopfhörer des iPods hervor und versuchte wie jedes Mal zu erraten, welcher der beiden weißen Gebilde für welches Ohr bestimmt war. Schließlich setzte er die Kopfhörer in die Ohren und scrollte anschließend mit Blick auf das kleine Display bis zur Lektion 6. Die hieß „Kennenlernen leicht gemacht" und versprach erste Hilfe bei dem Versuch, jemanden auf Türkisch anzusprechen. Axel war schon vor einigen Wochen bei dieser Lektion angekommen, schaffte es aber nicht, sie abzuschließen. Aus lauter Verzweiflung hatte er bereits versucht, mit der nächsten Lektion weiterzumachen, dies aber schnell wieder aufgegeben.

„Tamam, dann wollen wir mal", machte er sich selber Mut und drückte mit dem Daumennagel auf den Startknopf. Sofort sprach eine enthusiastische Frauenstimme in seinen Ohren laut und aufgeregt auf ihn ein. Am fragenden Tonfall am Ende des Satzes erkannte Axel, dass seine Zeit gekommen war. Er versuchte, seine 26 Gesichtsmuskeln zu koordinieren, um die richtige Begrüßungsfloskel zu artikulieren, die er mittlerweile auswendig kannte.

„Yorgunum. Sen nasilsin?", sprach er so beiläufig wie möglich in die warme Kölner Spätsommerluft und machte sich auf den Weg zu AHS-Bike. Das ging so ein paar Straßen weit ganz gut. Dann näherte er sich sowohl dem Motorradladen als auch der Aussprache-Übung, an der er bisher jedes Mal gescheitert war. Er wusste eigentlich, welche türkischen Worte er nach dem nächsten Satz der Dame in seinem Ohr benutzen sollte und wie sie zu klingen hatten, aber es war ihm noch nie gelungen, sie auch rechtzeitig auszusprechen. Vor dem Laden beugte sich jemand über ein Motorrad und schraubte an einem Nummernschild herum. Während Axel sich auf seinen Satz vorbereitete, richtete der Mann sich auf und trat Axel entgegen. Die Frauenstimme in seinem Kopf erreichte den Höhepunkt ihres vor Begeisterung schwirrenden Satzes. Der Mann, es war Leo Nehls, streckte ihm die Hand entgegen, während die Frau ihre Frage stellte und erwartungsvoll schwieg. Jetzt war der Zeitpunkt gekommen, den entscheidenden türkischen Satz endlich auszusprechen.

„Hallo, Herr Nehls", sagte Axel in dem aufgeregten Tonfall der Sprachübung.

„Ich bin gekommen, um Ohrstöpsel zu kaufen!"

„Hallo, Herr Kommissar."

Nehls musterte ihn verkniffen. Es hatte einige Zeit gedauert, bis sich ihr Verhältnis nach den Ermittlungen gegen ihn einigermaßen entspannte und zwischendurch war Nehls immer noch misstrauisch. Auch Axel war sich manchmal nicht sicher, ob Nehls wirklich alle alten Verbindungen zur Unterwelt abgebrochen hatte.

„Schön, dass Sie mich so kurz vor dem Wochenende noch reich machen wollen. Kommen Sie rein, dann können Sie meine Auswahl an Ohrstöpseln bestaunen."

Axel folgte Nehls in die Verkaufsräume, in denen Motorräder dicht an dicht standen. Diese Ansammlung jungfräulicher, brandaktueller Maschinen löste in Axel immer einen leichten Schwindel aus. Seine Z 1000 war nicht viel mehr als ein Jahr alt, er war vollkommen zufrieden mit dem Motorrad und hatte keinesfalls das Geld für eine Neuanschaffung übrig, aber am liebsten hätte er sich auf jedes zweite Motorrad in der langen Reihe gesetzt und vorsichtig nach dem finalen Barpreis gefragt. Allein schon der Geruch im Raum war überwältigend. Wenn es amerikanischen Wissenschaftlern eines Tages gelänge, einen „Little Tree" mit der Geruchsnote „Neues Motorrad" auf den Markt zu bringen, würde das zu massenhaften Motorradkäufen durch Autofahrer führen. Axel riss sich zusammen und konzentrierte seine Konsumwünsche auf die Auswahl hautfarbener Schaumgummipfropfen, die ihm Nehls hinhielt.

„Wenn ich mich recht erinnere, fahren Sie auf eine Rennstrecke, richtig? Dann empfehle ich die hier, die „ear protection racing style". Rossi und Co benutzen die gleichen."

„Soso, ah ja", murmelte Axel und starrte auf die beiden Pfropfen, die in einer glänzenden Schachtel präsentiert wurden, als seien sie Edelsteine.

„Was kosten die denn?"

„16,90. Ich gebe sie ihnen für 15,-. Weil Sie es sind."

Diesmal guckte Axel verkniffen.

„15,- Euro für Ohrstöpsel? Ich hoffe, der Preis gilt für beide zusammen und nicht nur für den linken ... Und Sie garantieren, dass Rossi den hier schon benutzt hat?"

Axel grinste Nehls an und der grinste zurück. Was ihr Verhältnis so problematisch machte, war die Tatsache, dass sie sich eigentlich gut leiden konnten.

„Klar, Herr Kommissar. Sehen Sie hier, den gelben Fleck? Das ist Original-Ohrschmalz von Rossi. Damit sind Sie auf der Rennstrecke automatisch schnell."

„Gekauft! Sie brauchen sie auch nicht einzupacken. Falls ich nicht schnell genug bin, bringe ich sie zurück."

Nehls nahm einen Geldschein von Axel in Empfang und reichte ihm das Wechselgeld aus der Kasse.

„Kann ich sonst noch was für Sie tun, Herr Kommissar?"

„Vielleicht. Kennen Sie die Turkish Emirs? Können Sie mir sagen, wo die sich in Köln treffen?"

Nehls wirkte erstaunt.

„'Türlich kenne ich die Emirs. Sind gute Kunden von mir. Ein netter Motorradklub, tolle Leute. Was wollen Sie denn von denen?"

„Ehrlich gesagt weiß ich das selbst nicht so genau. Ich tappe bei einem aktuellen Fall ziemlich im Dunkeln. Vielleicht kann mir jemand von den Emirs ein wenig Erleuchtung bringen."

„Die Mordkommission sucht Erleuchtung? Dann geht es nicht um tote Tiere für Gammelfleisch-Döner, sondern um Tote einer anderen Gattung, vermute ich mal. Aber können Sie mir verraten, weshalb Ihr Toter mit dem Motorradhelm ausgerechnet etwas mit diesen netten türkischen Motorradfahrern zu tun haben soll?"

Sofort kehrte Axels Misstrauen zurück. Der Tote auf dem Wallrafplatz war erst vor wenigen Stunden gefunden worden und schon wusste dieser umtriebige Motorradhändler in der Südstadt davon.

„Woher sind Sie so gut informiert, Nehls?"

„Man nennt es Fernsehen, Herr Kommissar. Die Fernsehkamera muss irgendwo in einem Haus am Wallrafplatz aus dem Fenster gehalten worden sein. Der WDR zeigt die Bilder des Toten alle 30 Minuten. Von da oben sieht man übrigens, dass sich da hinten die Reihen lichten."

Nehls schlug sich mit der flachen Hand leicht auf seinen Hinterkopf.

„Wenn ich das so sagen darf, Herr Kommissar."

Diesmal grinste Nehls und Axel musste zurückgrinsen.

„Deshalb ist mir Google Earth so unheimlich. Man sieht Sachen, die man eigentlich gar nicht sehen sollte, Nehls. Der Tote kommt möglicherweise aus Kurdistan. Und das gehört nun mal zur Türkei. Viel mehr habe ich zurzeit nicht in der Hand, deshalb möchte ich bei den Emirs einmal vorsprechen."

„Kurden leben nicht nur in der Türkei, Herr Kommissar. Aber wenn Sie die Turkish Emirs suchen, dann sollten Sie ins Arkadash am Ubierring gehen. Das ist zwar kein offizieller Klubraum, aber dort werden Sie mit etwas Glück einen der Emirs antreffen.

„Das Arkadash kenne ich. Vielen Dank für den Tipp, da schaue ich gleich mal vorbei. Und dann muss ich nach Hause, für Assen einpacken. Waren Sie schon mal in Assen?"

Nehls setzte ein extrem breites Grinsen auf.

„Das kann man wohl sagen. Das ist die geilste Strecke überhaupt. Zumindest war sie das bis zu dem Umbau vor einiger Zeit. Da habe ich einige schnelle Runden gedreht. Und mich selbst zu meinem besten Kunden gemacht. Nachdem sich in der Schikane vor Start und Ziel jemand vor mir querlegte, brauchte ich eine neue Vorführmaschine. Sie werden garantiert Ihren Spaß haben, Kommissar. Fahren Sie alleine hin?"

Axel steckte die Ohrstöpsel ein und war bereit, sich ein paar Minuten Benzingespräch zu gönnen.

„Nee, Kollege Schulz betreut mich ein wenig. Ist ja mein erstes Renntraining."

„Der schnelle Schulz, der Highspeed-Mann? Na, dann geben Sie mal Gas, um an dem dranzubleiben. Und wenn Sie am Montag ein neues Motorrad brauchen sollten, können Sie sich vertrauensvoll an mich wenden. Ich habe da etwas, das könnte Ihnen gefallen."

Axel bemühte sich, seinem Gesicht sofort einen ablehnenden Ausdruck zu geben. Vor einiger Zeit hatte er gelesen, dass der Einsatz der zum Lächeln benötigten Gesichtsmuskeln im Gehirn tatsächlich Glücksgefühle auslösende Botenstoffe freisetzte, man sich also durch bewusstes Lächeln selber glücklich machen konnte. Genau so wollte er seinen kaufrauschsüchtigen Botenstoffen und Nehls sicherheitshalber sofort signalisieren, dass er nicht interessiert war.

„Aha? Etwas, das mir gefallen könnte? Was haben Sie denn im Angebot?"

Sein Sprachzentrum hatte offensichtlich in der Eile nichts von den ablehnenden Vorgängen im Großhirn mitbekommen. Aber fragen kostete ja nichts. Solange es beim Fragen blieb.

„Ein Kunde von mir ist mit seiner ZX-10R von einem Pizza-Kurier in einem Smart übersehen worden. Dem Kunden geht es gut, aber die Pizzas wurden kalt und die Ninja ist ein Stück gerutscht. Eigentlich ist bis auf die Verkleidung wenig wirklich kaputt, aber das Fahrzeug ist ein wirtschaftlicher Totalschaden. So etwas ist ideal für den Rennstrecken-Einsatz. Eine Rennverkleidung drauf, den Tank etwas spachteln und lackieren und los geht's. Der Kunde will das Bike nicht behalten. Der Restwert ist kaum der Rede wert. Wollen Sie mal sehen?"

Wie ein Zauberkünstler trat Nehls einen halben Schritt zurück und wies Axel mit ausgestrecktem Arm in Richtung der Werkstatttür. Und wie ein hypnotisiertes Kaninchen folgte Axel der angezeigten Richtung zur Werkstatt. Nehls hielt ihm die Stahltür auf und ließ ihn vorangehen. Der große Raum mit dem gefliesten Boden und dem übersichtlich an den Wänden aufgehängten Werkzeug war mit Motorrädern in verschiedenen Aggregatzuständen vollgestellt. In einer Ecke baute ein Auszubildender gerade eine fabrikneue VN 900 aus der Transportkiste zusammen, die Sitzbank noch von einer Kunststofffolie geschützt. In der Mitte des Raumes beugte sich der Werkstattmeister über die Ventile eines Vierzylinder-Motors. Diverse andere Motorräder standen im Raum verteilt, zur Abholung bereit oder noch in Bearbeitung. Auf einer Hebebühne war eine grüne Ninja auf zwei Ständern aufgebockt. Der Tank und die Verkleidung waren in einer sauberen Linie eine Handbreit eingedrückt, als wäre das Motorrad in eine Stahlpresse geraten. Nehls trat zu der Hebebühne und senkte sie um einen Meter ab. Das verstümmelte Motorrad stand jetzt zwischen ihnen.

„So sieht das aus, wenn edelste Bauteile eine halbe Kreuzung weit rutschen. Weil aber kein massives Hindernis im Weg war, sind Rahmen und Räder unversehrt. Wie gesagt, Verkleidung neu, den Tank ein bisschen hübschen, eine Moosgummi-Sitzbank drauf und ab geht das Teil. Wenn Sie schlau sind, lassen Sie die Fahrwerkskomponenten für die Rennstrecke überholen, dann sind Sie hiermit ganz weit vorne."

Diesmal musste Axel sich um einen skeptischen Blick nicht besonders bemühen. Vielleicht würde er nach dem Renntraining eine andere Einschätzung für das Potenzial der ZX-10R haben, aber jetzt sah das schöne Motorrad für ihn nach einem Schrotthaufen aus.

„Tja also ..."

Axel umrundete die Hebebühne.

„Das hier sieht nach verdammt viel negativer Energie aus. Meine Z ist intakt und perfekt. Die kann doch auf der Rennstrecke zeigen, wozu sie in der Lage ist."

Nehls war ein viel zu guter Verkäufer, um Axel von der Leine zu lassen.

„Ganz genau, testen Sie ihre Z einmal so richtig in Assen. Die Z ist ja ein reines Straßenmotorrad, mit dem Sie aber auf der Rennstrecke sehr viel Spaß haben können. Und wenn Sie anschließend das Gefühl haben, Sie brauchen ein Rennmotorrad, um Ihre Fahrkünste so richtig umsetzen zu können, dann reden wir weiter."

Axel nickte wortlos. Er hatte schon herausgehört, was Nehls ihm da klarmachen wollte: Entweder war er ein Straßenfahrer, dann konnte er brav weiter seine Z fahren. Oder er war ein echter Rennfahrer, dann würde er über kurz oder lang ein Rennmotorrad brauchen. Nehls machte seine Sache sehr geschickt.

Axel verabschiedete sich. Auf dem Weg zum Wohnmobil verzichtete er diesmal auf seinen Türkischkurs. Er enterte das Wohnmobil und fuhr los. Sein wunderbarer Parkplatz lag gerade einmal 200 Meter zurück, als ihm sein taktischer Fehler klar wurde. Er war bereits nah am Ubierring und begann deshalb, wieder nach einem neuen Parkplatz Ausschau zu halten. Zu Fuß hätte er zum Arkadash und zurück vermutlich weniger Zeit gebraucht, als seine Parkplatzsuche jetzt erforderte. Im Schritttempo fuhr er an der Fensterfront des Ladens vorbei und warf einen sehnsüchtigen Blick auf die Männer, die im trüben Licht des Ladens vor einem Glas Chai und einer Wasserpfeife saßen. An der nächsten Ampel fuhr er rechts ab in der Hoffnung, im Einbahnstraßen-Wirrwarr der Südstadt ein Fleckchen für sein Wohnmobil zu finden. Als er zum dritten Mal am Arkadash vorbeifuhr, gab er es auf. Er bremste scharf, was die Autofahrer hinter ihm mit quietschenden Bremsen und wildem Gehupe kommentierten, und schaltete den Warnblinker ein. Mühsam quetschte er sich auf der Beifahrerseite an einem Müllcontainer entlang auf den Bürgersteig. Axel warf einen prüfenden Blick auf den Abstand zwischen dem Wohnmobil und einer Straßenbahntrasse auf der andern Seite. Normale Autos passten dort locker durch, aber bei LKW konnte es knapp werden. Er würde auf wütendes Hupen achten müssen. Das Arkadash war ein kleiner Laden, der von außen eher nach einem Szene-Café als nach einem türkischen Kulturverein aussah. Auf dem Bürgersteig standen zwei unscheinbare Hondas, die zu Anwohnern oder Mitgliedern der Turkish Emirs gehören konnten. Axel öffnete schwungvoll die Ladentür und trat ein.

„Guten Tag!"

Er versuchte gar nicht erst, sich mit schlechtem Türkisch anzubiedern und setzte stattdessen sein freundlichstes Kripo-Gesicht auf. Es waren drei Schritte bis zum Tresen. Als Axel dort angekommen war und sich zu den anderen Gästen umdrehte, wusste er, dass sie wussten, dass er Polizist war. Wahrscheinlich lag das daran, dass deutsche Mitbürger niemals einen Fuß in dieses türkische Café setzten, es sei denn, sie waren Vermieter, von der Gewerbeaufsicht oder bürgernahe Beamte.

„Hallo!"

Der junge Türke hinter dem Tresen lächelte ihn an. Axel lächelte gerne zurück und klappte das Futteral seines Dienstausweises auf.

„Ich bin Kommissar Axel Schulz von der Kölner Kripo. Ich brauche Hilfe bei einer Ermittlung und würde gerne mit einem Mitglied der Turkish Emirs sprechen. Man hat mir gesagt, die würden sich hier treffen."

Axel sah den jungen Türken an und wartete ab. Der blickte ihm einen Moment ruhig in die Augen und ließ dann den Blick über die Gäste schweifen. Axel folgte seinem Blick und begutachtete die Anwesenden. Zwei ältere Herren saßen vor einem Brettspiel und blickten demonstrativ nicht auf. Ein sehr dicker Mann ließ eine türkische Tageszeitung sinken und starrte ihn mit einem neutralen Gesichtsausdruck an. Und zwei junge Männer in Jeans und T-Shirts saßen an einem Tisch in der Ecke. Sie trugen Motorradstiefel, über den Stuhllehnen hingen Lederjacken. Die Wände rund um den Tisch waren mit Fotos von Motorrädern und Motorradfahrern gepflastert. Einer der beiden Männer schob eine aufgeschlagene Motorradzeitung von sich weg und winkte Axel zu.

„Sie haben es bestimmt schon erraten, Kommissar. Wir beide sind Klubmitglieder bei den Turkish Emirs", sagte er mit freundlicher Stimme.

„Dann nehme ich bitte einen Tee!", rief Axel dem Mann hinter dem Tresen zu und ging zu den beiden Männern am Ecktisch.

„Haben Sie ein paar Minuten Zeit? Vielleicht können Sie mir mit einem Hinweis weiterhelfen."

Die beiden wiesen mit großer Geste auf einen freien Stuhl und sahen im dabei zu, wie er sich an den Tisch quetschte.

Axel überflog die Fotos an der Wand. Strahlende junge Männer hockten am Straßenrand auf oder vor Motorrädern und blickten in die Kamera. Andere Fotos waren offensichtlich an genau diesem Tisch aufgenommen worden, es wurde in die Kamera geprostet und viel gelacht. Auf den meisten Fotos sah es nach einer verdammt guten Party aus.

„Schöne Hondas da draußen", versuchte Axel das Eis zu brechen.

„Ich fahre eine Z 1000. Aber davor hatte ich eine CB 750. Der trauere ich manchmal noch nach."

Die beiden Türken waren misstrauisch, aber der Magie eines Gesprächs über Motorräder konnte sich kein Motorradfahrer dieser Welt entziehen. Bei Axel hätte das genauso gut funktioniert.

„Eine CB 750? Welches Baujahr denn? Doch nicht etwa eins der ersten Modelle?", fragte der kleinere der beiden.

„Nee, sowas hätte ich niemals hergegeben. War nur ein ödes Baujahr 1999. Aber trotzdem ein gutes Motorrad."

Alle drei schwiegen, als sie sich daran erinnerten, dass sie sich nicht zum Fachsimpeln hier getroffen hatten. Die Bedienung brachte das kleine Glas mit dem Tee. Eine Kardamon-Kapsel taumelte durch das Glas zu Boden. Die Männer warteten auf Axels Reaktion, aber der hatte schon oft Tee mit Kardamon getrunken und nippte kommentarlos an seinem Glas. Axel fing die Blicke der Männer vor ihm auf. Sie schienen Vertrauen in ihn zu fassen.

„Sie haben wahrscheinlich schon von dem Toten auf dem Wallrafplatz gehört?"

Beide Männer nickten schweigend und sahen ihn erwartungsvoll an.

„Der Mann war vermutlich Mitte dreißig, mittelgroß, dunkle Haare. Er trug nicht nur einen Motorradhelm, sein Motorrad, eine schwarze KTM LC8, stand in einem Parkhaus in der Nähe.

Wir vermuten, dass der Tote in der Türkei oder einem angrenzenden Land gelebt hat. Viel mehr wissen wir nicht. Kennen Sie vielleicht einen Motorradfahrer, auf den die Beschreibung passen würde?"

Die beiden Männer sahen sich an. Einer zuckte mit der Schulter und wand sich dann an Axel.

„Eine schwarze KTM? So was fährt keiner der Turkish Emirs. Und auch keiner der anderen Kumpels aus unserer Clique. Da bin ich mir absolut sicher."

Axel wartete ab. Er machte seinen Job lange genug und wusste, dass da noch etwas kommen würde.

„Aber neulich haben wir an einer Ampel gehalten, ich und ein paar Kollegen von den Emirs. Da war so eine schwarze KTM auf dem Bürgersteig und der Fahrer zog gerade seinen Helm aus. Er sah Ihrer Beschreibung ähnlich und Sie haben recht, der sah ziemlich türkisch aus. Wir haben dann auf Türkisch gegrüßt, wissen Sie, mit „Mein Bruder" und so weiter. So sind wir Türken nun mal."

Der Mann lächelte ihn an und Axel lächelte zurück. Er musste sich eingestehen, dass er keine Ahnung hatte, wie Türken nun mal so sind. Eigentlich hatte er bisher vor allem mit der türkischen Dame auf seinem iPod geredet.

„Jedenfalls hat der Mann krass reagiert. Der hat etwas gesagt, aber das war kein Türkisch. Und das hörte sich nicht freundlich an, sondern klang eindeutig wie ein Schimpfwort. Jedenfalls haben wir ihn stehen lassen und sind weitergefahren."

„Sprach der Mann vielleicht kurdisch?"

„Nein, nein, auf keinen Fall, ich weiß, wie sich kurdisch anhört. Es war wohl eine arabische Sprache, aber ich habe keine Ahnung, welche."

Axel war frustriert. Sollte auch der einzige zarte Hinweis auf die Identität des Toten nicht weiterführen? Aber Zitzewitz hatte ja nur eine Vermutung geäußert, als er den Zahnersatz kurdischem Militär zuordnete.

„Wo haben Sie den Mann getroffen? Und haben Sie ihn vorher oder nachher noch einmal gesehen?"

Diesmal antwortet der größere der beiden.

„Tut mir leid, da können wir nicht weiterhelfen. Der parkte seine KTM am Rudolfplatz, das ist ja eine Shoppinggegend, ich glaube nicht, dass der dort in der Nähe wohnt. Und wiedergesehen haben wir den auch nicht."

Axel nagte an seiner Unterlippe.

„Hm, das wäre ja auch zu schön gewesen. Wären Sie bereit, Ihre Klub-Kollegen nach dem Mann zu fragen, wenn Sie sie das nächste Mal sehen? Ich bin für jeden Hinweis dankbar."

„Klar, das machen wir gerne. Wir sind ja gute Bürger. Und gegen tote Motorradfahrer haben wir auch etwas."

Axel sah die beiden an. Er war sich sicher, dass sie es ernst meinten.

„Wie kann ich Sie erreichen?"

Beide zückten wortlos eine Visitenkarte und reichten sie Axel. Das Foto eines Motorradfahrers mit einer türkischen Flagge um die Schultern prangte in einer Ecke, ein Schriftzug „Turkis Emirs" quer über die Karte und darunter stand jeweils der Name, Demir Alkan und Hasan Demirici. Axel revanchierte sich mit zwei seiner eigenen Visitenkarten, die im Vergleich sehr unspektakulär aussahen.

„Ich bin zwar ab heute Abend für zwei Wochen nicht zuständig für den Fall, aber Sie können die Telefonnummer des Kommissariats auf der Visitenkarte anrufen und nach dem Kollegen Dünne fragen."

„Und Sie können uns ja auf der Intermot besuchen, Kommissar. Die Turkish Emirs haben da einen sehr gemütlichen kleinen Messestand. Wir laden Sie zu einem Tee ein."

„Vielen Dank für das Angebot, aber das wird nicht klappen. Während Sie in der Messehalle hocken, werde ich wahrscheinlich unter Palmen in St. Tropez am Meer sitzen und einen Campari trinken. Das wird meine längste Motorradtour seit Jahrzehnten."

„Oho, mit der Z 1000 nach Südfrankreich! Auf dem Weg dorthin soll es ja einige interessante Kurven geben."

„Allerdings. Ungefähr eine Trillion davon."

Axel realisierte, dass er wie ein Honigkuchenpferd grinste. Die beiden Motorradfahrer grinsten zurück.

„Na dann gute Fahrt, Kommissar! Und denken Sie nicht, wir seien einfach nur neidisch. Die Wahrheit ist, wir sind unglaublich neidisch!"

Wieder verging ein Augenblick, bis alle drei zurück in ihre festen Rollen gefunden hatten und nicht einfach nur Motorradfahrer waren.

„Gut, dann sichere Fahrt und viel Spaß während der Intermot, die Herren."

Axel ging zum Tresen, um seinen Tee zu bezahlen.

„Ich lade Sie ein, Herr Kommissar", wehrte der junge Mann hinter dem Tresen ab. Aber Axel schüttelte nur wortlos den Kopf und legte eine Münze auf das Holz des Tresens.

„Vielen Dank für die Einladung. Ich komme gerne einmal wieder."

Axel drehte sich an der Tür um und winkte. Alle Männer im Raum winkten zurück. Draußen musste ein Unfall passiert sein, der Verkehr vor dem Café staute sich. Axel schlenderte in Richtung des Wohnmobils, wurde dann schneller und rannte schließlich auf dem Bürgersteig los. Ein roter Gelenkbus der Kölner Verkehrsbetriebe hatte sich halb am Wohnmobil vorbeigequetscht und den Versuch dann sicherheitshalber abgebrochen. Der Busfahrer stand zwischen anderen Autofahrern und schimpfte laut. Offensichtlich standen sie dort schon eine Weile. Wenn die Straße nicht komplett blockiert gewesen wäre, hätte Axel jetzt wahrscheinlich schon einen Einsatzwagen seiner Kollegen angetroffen. Unbemerkt stieg Axel vom Bürgersteig aus in das Wohnmobil. Während er noch den Dieselmotor vorglühte, entdeckte ihn einer der eingesperrten Passagiere hinter der Busscheibe links von ihm und rief den Busfahrer. Der umrundete schreiend seinen Bus und stürmte auf Axel zu. Mit viel Gas ließ Axel das Wohnmobil aus der Engstelle springen und fuhr winkend an dem Busfahrer vorbei.

6.

Axel starrte auf sein Handy. Gerade hatte er Dünne einen letzten Bericht gegeben und sich dessen gute Wünsche für einen schönen Urlaub angehört. Jetzt kämpfte er mit sich, ob er das Handy ausschalten sollte. Er war nicht verpflichtet, in seiner Urlaubszeit erreichbar zu sein und die meisten der möglichen Anrufer würden einen Weg finden, jemand anderen bei der Kölner Kripo zu erreichen. Aber es gab eine Menge freundliche und finstere Gestalten, die im Laufe der Jahre seine Handynummer auf Bierdeckel, Zeitungsfetzen und Personalausweise gekritzelt hatten. Ihn erreichten Drohungen, ängstliches Flüstern und knappe Hinweise. Nichts davon wollte Axel verpassen. Also entschied er sich, sein Handy eingeschaltet zu lassen und packte das Ladegerät auf den Stapel der Packstücke für Assen.

Prüfend ging sein Blick über die Bestandteile des Stapels. Sein Reise-Kulturbeutel stand schlaff und halb leer in der Ecke, die Utensilien zur persönlichen Hygiene waren nicht besonders zahlreich vertreten. Deutlich mehr Raum nahmen die Lederkombi, die Funktionsunterwäsche, die neuen Racing-Stiefel, der Rückenprotektor und der Integralhelm ein. Axel stellte sich vor, wie er morgen früh auf der Rennstrecke Gas gab und suchte nach Lücken in der Ausrüstung. Es fehlten die Racing-Handschuhe, erst vor wenigen Tagen extra für das Renntraining neu angeschafft. Sie lagen noch in ihrer Verpackung auf der Werkbank. Axel holte das Wunderwerk aus unterschiedlichen Lederarten, Rochenhaut und Kunststoffverstärkungen, die von einem unbekannten Näher irgendwo auf der Welt mit unzähligen kleinen Stichen zu perfekt sitzenden Handschuhen zusammengesetzt worden waren, und steckte sie in den Integralhelm. Als Nächstes prüfte Axel seine Sammlung von Werkzeug und anderer technischer Ausrüstung. Der Luftdruckprüfer war da, neben der kleinen Fußpumpe und den Reifenwärmern. Die hatte er erst vor wenigen Tagen von Paul, einem befreundeten Motorradpolizisten, gebraucht gekauft. Um die Reifenwärmer, im Prinzip zwei schmale Heizdecken, die genau um die Reifen passten, auf die Reifen aufziehen zu können, benötigte er Ständer für das Vorder- und das Hinterrad. Beide hatte ihm sein Mentor Sören Schulz versprochen. Axel hoffte, dass Schulz in diesem Augenblick in einem anderen Kölner Stadtteil in seiner Garage stand und sich an das Versprechen erinnerte. Schulz war von der ganz schnellen Truppe und Axel war sich nicht sicher, wie viel Wert er dabei auf Kleinigkeiten wie die Ständer für das Motorrad eines Kollegen legte. Aber immerhin war Schulz beim Sondereinsatzkommando in führender Position aktiv, vollständig verantwortungslos konnte er also nicht sein. Neben den Reifenwärmern stand ein schwarzer 20-l-Benzinkanister, eine Werkzeugkiste und eine Kabeltrommel für die Reifenwärmer. Ganz schön viel Kram, bloß um ein wenig schneller als üblich um ein paar Kurven fahren zu können. Was dazu noch nötig war, stand bereits auf einem Hänger auf der Straße und wartete darauf, an das Wohnmobil gehängt zu werden. Axel ging raus zu seiner Z 1000 und rüttelte ein weiteres Mal an den Spanngurten. Die Z war vorne und hinten tief in die Federung gezogen und stand bombenfest. Axel kam es merkwürdig vor, das fahrbereite Motorrad nicht über die Straße zur Rennstrecke zu bringen, sondern es auf einem Anhänger zu transportieren, als könne es sich nicht aus eigener Kraft vorwärtsbewegen. Axel tätschelte das kurze Heck der Z, das für das Renntraining von der Last des Kennzeichenhalters und der Blinker befreit war. Ohne Blinker und Spiegel wollte er aber dann doch nur ungern durch Holland fahren. Außerdem wurde die brave Z durch die Demontage der Straßenausrüstung und den Transport auf einem Hänger zu einem Rennstrecken-Motorrad geadelt. Wodurch Axel von einem Motorradfahrer zu einem, nun ja, Rennstrecken-Motorradfahrer wurde. Wie viel bei Axel noch zu einem Rennfahrer fehlte, würde sich morgen Nachmittag in Assen mithilfe der gestoppten Rundenzeiten eindeutig bestimmen lassen.

Axel lief ein paar Mal zwischen Garage und Wohnmobil hin und her, bis alle Packstücke im Wohnmobil verteilt waren. In der Küche starrte er ein paar Sekunden in den Kühlschrank, der ihm als Reiseproviant aber nur ein halbes Sixpack, eine Tüte Milch und ein Glas Artischocken anbot. Axel nahm das Sixpack, schnappte sich seine Jacke und verschloss das Haus. Er musste das Wohnmobil ein paar Meter vorziehen, um den Anhänger mit der Z problemlos einhängen zu können. Fluchend würgte er an der Steckdose neben der Anhängerkupplung des Wohnmobils herum, bis er den Stecker hineinzwängen konnte. Als guter Beamter vergewisserte er sich, dass die Rücklichter und Blinker funktionierten, und beschloss, das Aufleuchten der Bremslichter als gesichert zu betrachten, denn die konnte er alleine schlecht prüfen. Er würde mit diesem langen Ungetüm aus Wohnmobil und Anhänger ohnehin ausgesprochen vorsichtig unterwegs sein.

Pfeifend kletterte er in das Wohnmobil und schloss die Tür. Während er den Sicherheitsgurt anlegte, blickte er auf den Beifahrersitz. Was war noch mal an diesem Beifahrersitz bemerkenswert? Axel steckte den Schlüssel in das Zündschloss. Er drehte den Schlüssel im Schloss und sofort wieder zurück. Ein Feuerschweif auf seiner Hand! Und ein kleiner grüner Drache auf dem Beifahrersitz! Axel kicherte in sich hinein. Warum nannte man sowas eigentlich Eselsbrücke? Auf jeden Fall hatte es funktioniert. Er klettere wieder aus dem Wohnmobil und lief zurück ins Haus bis in die Küche. Der Zündschlüssel der Z lag brav neben einer Gebrauchsanleitung für den Staubsauger, den Renate bei ihrem Auszug mitgenommen hatte und einem Teebeutel Yogitee. Wenn es nach Axel ginge, würde dieser Teebeutel auch noch am Tag seiner Beerdigung dort liegen. Er befreite den Zündschlüssel aus dieser langweiligen Gesellschaft und hielt ihn einen Augenblick unschlüssig in der Hand. Wohin damit? Einfach in die Hosentasche stecken war zu unsicher. Axels Hosen und damit auch die Hosentaschen waren in letzter Zeit nämlich ein wenig fadenscheinig geworden. Axel griff in seine Jacke und klappte seinen Dienstausweis auf. Der Zündschlüssel passte so gerade zwischen den Kunststoffüberzug und den Ausweis. Jetzt konnte es endlich losgehen. In einem weiten Bogen ließ er das Wohnmobil mit dem Anhänger vom Grundstück auf die Hauptstraße einbiegen. Im Schritttempo fuhr er auf eine rote Ampel zu und schaltete dabei das Radio ein. Heftige Gitarrenmusik drang aus den Lautsprechern und ließ das Wohnmobil erzittern. Gesang setzte ein, die raue Stimme des Sängers kam ihm bekannt vor, aber das Stück kannte er nicht. „This could be your life" war alles, was Axel vom Refrain verstehen konnte. Die digitale Uhr im Cockpit des Wohnmobils zeigte in blauen Ziffern 17:59 Uhr an. Noch eine Minute bis zum offiziellen Feierabend. Circa drei Stunden Fahrzeit bis zur

Rennstrecke. Und etwa 36 Stunden bis zur Abfahrt mit der Z Richtung Südfrankreich. Axel lehnte sich zurück und sang laut mit: „Yeah, this could be your life." Die Ampel sprang auf Grün und Axel gab Gas.

Als er fast drei Stunden später die Abfahrt Assen-Nord nahm, war er deutlich ruhiger und müder. Er hatte sich zusammen mit zu vielen Autofahrern durch Engstellen und Baustellen geschoben und den Anhänger verflucht, der ihn zu einer Durchschnittsgeschwindigkeit zwang, die er zuletzt circa 1976 auf seiner Kreidler eingehalten hatte. Sören Schulz hatte ihm die Ausfahrt Assen–Nord genannt, danach sollte es Hinweisschilder geben. Axel ließ also das Wohnmobil langsam über die breite Zufahrtsstraße treiben und suchte in der Dunkelheit den Straßenrand nach Schildern ab. Davon gab es zwar reichlich, aber Axel war sich noch nicht einmal sicher, ob die holländischen Worte darauf einen Ortsnamen darstellen sollten oder doch nur auf ein Industriegebiet oder eine Sondermülldeponie hinwiesen. Die roten Ampeln der Zufahrtsstraße wurden auf wunderbare Weise grün, sobald sich Axel ihnen näherte. Alle anderen Autos waren verschwunden und das Wohnmobil trieb immer weiter in die Dunkelheit der Nacht. Axel war beunruhigt. Die Scheinwerfer eines Autos kamen ihm auf der anderen Straßenseite entgegen, als das Fahrzeug näher kam, setzten auch die Warnblinker ein, das Fernlicht flackerte und die Hupe sendete einen Dauerton. Axel hielt an und drehte sein Fenster herunter. Auf der anderen Straßenseite ließ Sören Schulz den Oberkörper aus dem Fenster seines Transporters hängen und gestikulierte wild mit den Armen.

„Hast du schon genug vom Rennfahrerleben? Oder warum fährst du in die falsche Richtung? Darf ich dir Rookie vielleicht Begleitschutz bis zum Fahrerlager anbieten?", brüllte er über die Straße. Axel winkte ihm zu.

„Hallo Sören, ich wäre dir äußerst dankbar, wenn du mich auf den richtigen Weg bringen würdest. Ich revanchiere mich mit einem halben Sixpack lauwarmem Bier."

„Mit einem halben Sixpack werden wir heute Abend nicht weit kommen. Aber ich habe zufällig eine gefüllte Kühlbox mit Getränken an Bord. Häng dich an mich ran und wir versuchen gleich, gegen das Verfallsdatum anzukämpfen."

Axel wendete das Wohnmobil und folgte Schulz. Der bog links ab, wo sich Axel vor fünf Minuten rechts gehalten hatte und geleitete ihn auf einer schmalen Straße an endlosen leeren Parkflächen vorbei. Axel war beeindruckt. Wenn diese Parkplätze bei Rennveranstaltungen des MotoGP von den Autos und Motorrädern der Zuschauer komplett belegt waren, mussten hier unglaublich viele Rennsportbegeisterte zusammenkommen. Axel hatte sich immer gefragt, ob bei einem Motorradrennen eine ähnlich intensive Atmosphäre wie bei einem Fußballspiel entstehen konnte, aber unter den Augen von so vielen Fans wurde ein Rennen bestimmt schnell zu einem Thriller. Schulz bog von der schmalen Straße nach rechts ab. Beim Abbiegen entdeckte Axel endlich auch das Schild, nach dem er so lange gesucht hatte: „TT Circuit Assen – Paddock". Er folgte Schulz durch einen engen Tunnel und bog dann mit ihm nach rechts auf eine große Asphaltfläche ab. In der Dunkelheit konnte Axel Wohnmobile und Transporter erkennen, zwischen denen Motorräder, Anhänger, Zelte und Campingstühle verteilt standen. Schulz stoppte seinen Transporter und Axel setzte das Wohnmobil daneben. Sobald er den Motor ausschaltete, drang das Geräusch eines anderen Motors in seine Ohren, der draußen auf dem Platz mit brutalen Gasstößen auf Temperatur gebracht wurde. Axel öffnete die Tür des Wohnmobils und ließ sich steifbeinig herausfallen. Der Geruch von verbranntem Motoröl lag in der Luft. Ein paar Meter weiter erwachte ein weiterer Motor zum Leben und stotterte mit lautem Auspuffgeräusch vor sich hin. Axels Nackenhaare stellten sich auf. Er stand im Fahrerlager der Rennstrecke von Assen. In wenigen Stunden würde er zum ersten Mal in seinem Leben auf einer Rennstrecke unterwegs sein. Glücklich stellte er fest, dass er bereits jetzt total nervös war.

Schulz bog um das Wohnmobil, etwas klirrte unter seinem Arm. Er schüttelte Axel die Hand und reichte ihm eine der beiden Bierflaschen, die er dort festgeklemmt hatte. Schulz war eher klein, aber ungeheuer drahtig. Sein militärischer Haarschnitt passte nicht so recht zu wasserblauen Schauspieleraugen und einem großen goldenen Piraten-Ohrring im rechten Ohr.

„Herzlich willkommen im Fahrerlager, wo sich die Herren Rennfahrer treffen und auf den ritterlichen Wettstreit mit ihren Schlachtrössern vorbereiten. Möchtest du die gute oder die schlechte Nachricht zuerst hören?"

Axel stieß mit Schulz an und trank in langen Zügen. Er war durstig und in Feierlaune.

„Lass mich die schlechte Nachricht hören."

„Ok, mein Freund. Die schlechte Nachricht ist, dass dir das Motorradfahren auf öffentlichen Straßen ab morgen ungefähr so fahrdynamisch wie eine Bundesautobahn nach einer Vollsperrung erscheinen wird. Ab jetzt gibt es für dich keinen Weg zurück. Du wirst den Rennstrecken dieser Welt verfallen, Haus und Hof verkaufen, um dir immer schnellere Motorräder leisten zu können, deine Freundin wird dich verlassen und irgendwann befinden sich in deinem Schlüsselbeinknochen Titanschrauben."

Axel stieß noch einmal mit Schulz an und nahm einen weiteren Schluck.

„Einverstanden. Und wie lautet die gute Nachricht?", fragte er. Das Bier war augenblicklich in seinem Zentralnervensystem angekommen.

„Die gute Nachricht ist, dass du nach einem Turn von deiner Z steigst und den Helm nicht mehr absetzen kannst, weil dein Grinsen darunter zu breit ist. Dass du nachts aufwachst, dich an ein Überholmanöver erinnerst und den Rest der Nacht wach bleibst, weil sich dein Blut schlagartig in reines Adrenalin verwandelt hat. Die gute Nachricht ist, dass du beim Gasgeben am Kurvenausgang deinem Motor Benzin zukommen lässt und gleichzeitig dich selbst mit einem Zaubertrank anfüllst, sodass dein Herz vor reinem Glück pulsiert."

Axel war überrascht, solche Töne vom Kollegen Schulz zu hören. Schulz war als SEKler ansonsten nicht als lebendes Poesie-Album bekannt. Er versuchte zu erkennen, ob Sören Schulz ihn auf den Arm nehmen wollte, aber dessen Gesicht blieb im Halbdunkel des Fahrerlagers unergründlich. Schulz bemerkte seinen zweifelnden Blick.

„Die gute Nachricht ist, dass ich dir das gar nicht genau erklären kann. Dass du aber morgen Abend genau wissen wirst, was ich meine. Und jetzt laden wir aus, damit wir zum gemütlichen Teil des Abends übergehen können."

Während Schulz ein Holzbrett aus dem Transporter zog und sein Motorrad rückwärts auf den Asphalt rollte, zerrte Axel an den Enden der Spanngurte, mit denen die Z auf seinem Hänger festgezurrt war. Natürlich hatte er viel zu viele Knoten gemacht und kämpfte nun damit, sie wieder zu lösen. Endlich stand die Z frei auf dem Seitenständer und Axel konnte die Alurampe anlegen, um sie vom Hänger zu rollen. Er schob die Z neben die Ninja 636 von Schulz, deren giftiges Grün selbst im Dunkeln zu leuchten schien. Schulz hatte sie bereits auf zwei Ständer am Vorder- und Hinterrad aufgebockt, was der Ninja sofort den Flair eines Rennmotorrades verlieh. Axel kickte den Seitenständer der Z heraus und stellte sie daneben.

„Hast du daran gedacht?", fragte er in Richtung Schulz, der

zwischen Transporter und den Motorrädern hin- und herwuselte.

Statt einer Antwort überreichte ihm Schulz zwei zerkratzte Ständer. Axel fädelte die Aufnehmer des Hinterradständers mühsam in die Buchsen an der Hinterradschwinge seiner Z. Er versuchte, mit der linken Hand das Motorrad in der Balance zu halten, während er mit der rechten den Ständer zu Boden drückte, um das Hinterrad aufzubocken. Als die Z am höchsten Punkt in der Luft hing, schlug das Vorderrad im Zeitlupentempo ein, sodass sich das Gewicht des Motorrades verlagerte. Axel ließ den Ständer los und stabilisierte mit beiden Händen die Z. Er fluchte so laut, dass Schulz seinen Kopf aus dem Transporter steckte und zu ihm kam.

„Ich glaube, es ist Zeit für eine kleine Übung, die dir auch morgen auf der Rennstrecke weiterhelfen wird."

Schulz zog den Hinterradständer wieder unter dem Motorrad hervor und hielt die Z am Ende der Sitzbank in der Balance.

„Ihr Jungs von der Mordkommission müsst zwar nicht diese sagenhafte Körperkontrolle wie wir aktiven Kriminalisten vom SEK haben, aber es sollte dir möglich sein, einmal um dein Motorrad herumzugehen."

Axel sah Schulz an und wartete. Er war sich sicher, da kam noch etwas hinterher. Und so war es auch.

„Die besondere Aufgabe besteht darin, während deiner Umrundung das Motorrad ganz alleine in der Balance zu halten und es nicht umfallen zu lassen. Also, rechte Hand auf den Tank. Bist du bereit? Dann lasse ich jetzt los!"

Axel stand links neben seinem Motorrad, die rechte Hand auf dem Tank, und konzentrierte sich auf den Schwerpunkt der Z. Solange er unbeweglich auf der Stelle blieb, stand sie stabil und gelassen fast von alleine. Axel brauchte nur sehr wenig Kraft, um sie mit kleinen Korrekturen über ihrem Schwerpunkt schweben zu lassen. Als er sich aber vorsichtig Richtung Lenker bewegte, spürte er wie die circa 200 Kilogramm des Motorrades der Schwerkraft gehorchten und sich auf direktem Weg zu Boden bewegen wollten. Er musste mit einem kräftigen Impuls gegensteuern, um das Gleichgewicht wieder herzustellen. Beim nächsten Versuch war er vorsichtiger und schaffte es, das Vorderrad zwischen seine Beine zu nehmen. Solange er mit der rechten Hand die Balance hielt, war die Z schwerelos. Axel bekam langsam ein Gefühl für die Sache und arbeitete sich mit einer fließenden Bewegung bis zum Hinterrad vor. Als er wieder am Ausgangspunkt angekommen war, konnte er das Motorrad mit zwei Fingern senkrecht halten. Er griff sich den Ständer, den Schulz vor ihm abgestellt hatte, und hakte die Aufnehmer wieder ein. Diesmal drückte er den Ständer in einem Schwung zu Boden. Die Z stand fest und unerschütterlich.

„Sehr schön, Axel. Hast du gemerkt, wie willig das Motorrad seinen Schwerpunkt aufgibt? Wenn du morgen am Ende von Start und Ziel in die erste Rechtskurve abbiegen willst, kannst du dich an diese Reaktion erinnern. Allerdings fühlt sich das dann etwas aufregender an als hier im Stand auf dem Parkplatz."

Schulz nickte. Er erinnerte sich sehr gut an die lang gezogene Kurve bei Euskirchen, die er neulich etwas zu schnell genommen hatte. Das war ohne jeden Zweifel aufregend gewesen. Motorräder waren eindeutig erfunden worden, um schnell durch Kurven zu fahren.

Axel stellte auch das Vorderrad auf den Ständer und zog schon mal probeweise die Reifenwärmer auf. Dann räumte er im Wohnmobil das Bett frei und suchte das Sixpack hervor. Er war bereit für einen Spaziergang durch das Fahrerlager.

„Verehrter Kollege Schulz, begleiten Sie mich zu einer Observierung verdächtiger Objekte im Bereich der Boxengasse?

Ich habe noch ein wenig Wahrheits-Serum dabei, das könnten wir während unserer Ermittlungen im Selbstversuch einsetzen", fragte er durch die offene Schiebetür des Transporters. Im Innenraum waren die Rennausrüstung und weitere Ersatzteile in großen Kisten verteilt, eine Matratze lag auf dem Boden und am Kopfende ruhte ein Laptop auf einem Schlafsack. Das Laptop spielte einen basslastigen Reggae ab und produzierte dabei einen überraschend guten Sound. Als Bildschirmschoner zog immer wieder das Gesicht einer jungen Frau über den Bildschirm. Schulz tauchte mit zwei Flaschen aus den Tiefen des Transporters auf.

„Solange meine Kühlbox noch etwas hergibt, verzichten wir lieber auf deine warme Plörre und trinken von den eisgekühlten Beständen. Ich bin außerdem mit einigen Racern verabredet, die wahrscheinlich einen mittleren Getränkemarkt dabei haben. Die Kollegen haben zusammen eine Box gemietet. Mal sehen, ob wir sie finden."

Axel nahm eine eiskalte Flasche Bier entgegen und schlenderte mit Schulz in Richtung der Boxen. Die Nacht war sternenklar und deshalb kalt, aber ohne Wolken konnte es auch keinen Regen geben und das war gut so. Unterwegs kamen sie an einigen Motorrädern vorbei, die selbst im Dunkeln nach professionellen Rennmaschinen aussahen. Axel begann sich zu fragen, ob er mit seiner straßentauglichen Z nicht hoffnungslos im Weg stehen würde. Schulz schien seinen Blick zu bemerken.

„Es gibt nichts Schöneres, als hochgerüstete Rennbikes mit einem unterlegenen Motorrad zu überholen. Der Fahrer macht's, nicht das Motorrad. In deinem Fall bedeutet das, du würdest auch mit diesem totalen Sporthobel hier von einem guten Fahrer auf deiner Z überholt werden."

Axel nahm die Stichelei kommentarlos hin, höchstwahrscheinlich hatte Schulz nämlich recht. Sie standen jetzt in der

Mitte der langen Reihe von Boxen und blickten nach links und rechts auf die vielen hellerleuchteten Vierecke der Boxeneingänge. Vom Asphaltplatz aus konnte man in die Boxen hineinfahren und auf der anderen Seite des Gebäudes landete man direkt in der Boxengasse, dem Streifen zwischen den Boxen und der Mauer zur Rennstrecke. In der Boxengasse ging der Fahrbetrieb nur in eine Richtung: hinaus auf die Strecke.

„Willst du raten, in welcher Box meine Kumpels sind?", fragte Schulz mit einem harmlosen Unterton. Axel blickte nach links und dann nach rechts. Dort vibrierte das halb heruntergelassene Rolltor einer Box wegen extrem lauter Musik und die Partygeräusche einer Großraum-Disco in der Sylvesternacht dröhnten herüber. Er zeigte wortlos auf die Box und Schulz machte wie bei einem Einsatz die stummen Handzeichen für „Okay" und „Zugriff". Axel lachte, während sie zu der Box gingen.

„Was läuft eigentlich bei dir im Moment so? Ich habe dich lange nicht mehr im Präsidium gesehen. Irgendwelche geheimen Einsätze in Planung?"

Schulz blieb stehen und drehte sich zu Axel. Sie hatten die ganze Zeit im Halbdunkeln hantiert, aber jetzt produzierte das Neonlicht aus den Boxen harte Schlagschatten auf dem Gesicht von Schulz. Axel realisierte plötzlich, wie müde Schulz aussah.

„Die Kacke ist am dampfen, Axel. Ehrlich gesagt bin ich gerade ein wenig am Limit und darüber hinaus. Ob ich will oder nicht, ich lade in diesem Job Schuld auf mich. Kannst du schweigen, Kollege Schröder?"

Axel war hin- und hergerissen. Einerseits wollte er nicht so genau wissen, in was Schulz aktuell verstrickt war und es unterlag ohne jeden Zweifel auch der Geheimhaltung. Andererseits war er natürlich neugierig und fühlte sich geehrt, dass Schulz ihn ins Vertrauen zu ziehen bereit war.

„Keine Sorge, Sören. Das bleibt alles zwischen dir und mir."

Axel nannte Schulz nicht oft beim Vornamen und die Intimität, die dies mit sich brachte, war in Wahrheit für beide ungewohnt. Sie kannten sich, sie mochten sich, aber für eine echte Freundschaft hatten sie noch nicht genug Gelegenheit gehabt. Schulz trat etwas näher und holte aus der Jackentasche einen kleinen Plastikbeutel mit ovalen, gelblichen Pillen. Er nahm zwei von ihnen aus dem Beutel und legte sie in seine offene Handfläche.

„Okay, Axel, zwischen dir und mir schlucke ich jetzt ein paar Muntermacher, die mich durch den Abend bringen."

Er legte den Kopf in den Nacken und schmiss sich die beiden Pillen mit einer schnellen Bewegung in den Mund.

„Und was die geheimen Einsätze angeht ..."

Er näherte seinen Mund dem rechten Ohr von Axel. Ein ziemlich unangenehmer Mundgeruch wehte herüber.

„Wie der Name schon sagt, sind die geheim."

Er klopft Axel auf den Rücken und wendete sich wieder der Box zu. Axel blieb einen Schritt zurück. Schulz war ein Powermann, der vor Energie und Einsatzwillen zu bersten schien. Es war ein offenes Geheimnis, dass sein Status als SEK-Beamter nur ein Deckmantel für seine wirkliche Funktion als Ermittler war. Er war extrem ehrgeizig und verschwand immer wieder mal für längere Zeit, um dann von einem erfolgreich abgeschlossenen Undercover-Einsatz zurückzukehren. Axel hatte sich schon oft gefragt, welchen Preis Schulz dafür zahlen musste. Dass Kollegen wie er meist ohne Familie waren und außerhalb des SEK-Universums wenig soziale Kontakte hatten, war klar. Aber welchem Druck mochte er ausgesetzt sein, dass er zu Aufputschmitteln greifen musste? Als Axel in die hellerleuchtete Box trat, tanzte dort Schulz mit nach oben gestreckten Armen enthemmt zu schnellem Rock. Axel erkannte das

Stück wieder, zu dem er bei der Abfahrt in Köln mitgesungen hatte. Ein Mann mit einer Ducati-Lederjacke reichte ihm ungefragt ein frisches Bier. Axel stieß mit ihm an.

„Wohlsein!", sagte der Mann hinter seiner dicken schwarzen Brille.

„Prostata! Geile Mucke, das Stück. Was läuft denn da gerade?", erwiderte Axel fröhlich.

„Das ist von der aktuellen Metallica-CD. Ich glaube, das Stück heißt „Your life", oder so. Ich bin übrigens Arne. Habe dich hier noch nie gesehen. Warst du schon mal in Assen?"

„Hallo Arne, ich bin Axel. Nee, das ist mein erstes Mal. Und zwar nicht nur in Assen, sondern überhaupt auf der Rennstrecke. Ich bin extrem gespannt, wie ich mich morgen schlagen werde. Meine Z 1000 ist ja nicht das ideale Rennstrecken-Gerät."

Arne war sofort interessiert.

„Eine Z 1000? Welches Baujahr? Eine A 1 oder jünger? Was hast du denn am Fahrwerk gemacht?"

„Tja, ähm, ist eher etwas jünger. Baujahr 2008."

„Oh. Verstehe. Na, auch kein schlechtes Motorrad."

Offensichtlich war Arne enttäuscht. Axel versuchte, von seiner neumodischen Z abzulenken.

„Was fährst du denn? Ich vermute mal, eine Ducati."

Arne trat einen halben Schritt zur Seite und ließ den Blick auf die Motorräder frei, die auf einer Seite der Box sauber aufgereiht standen. Er zeigte auf eine grau-rote Schönheit am Anfang der Reihe.

„Ja klar, was sonst? Eine Mike Hailwood 900 E. Allerdings mit einem 1000er Monster-Motor und ..."

Axel versuchte Arne zu stoppen, bevor er ihn auf eine falsche Fährte lockte.

„Also wenn ich ehrlich bin, dann habe ich von Ducatis nicht

besonders viel Ahnung … Aber sie sieht ohne jeden Zweifel super aus!"

Arne guckte verzweifelt, als Axel seinen Erzählfluss so brutal abwürgte, aber er fing sich schnell wieder.

„Verstehe. Es gibt unter Motorradfahrern ja oft zwei Fraktionen. Der einen reicht es, wenn das Bike funktioniert und schnell ist, dabei ist die Marke und das Aussehen zweitrangig. Für die andere Fraktion kommt nur ein bestimmtes Modell in Frage und das wird gehegt und gepflegt, auch wenn es dadurch nicht unbedingt schneller wird. Du gehörst offensichtlich eher zur ersten Gruppe. Wenn wir schon über Gruppen reden, in welcher Gruppe startest du denn morgen?"

Sören hatte Axel bei der Anmeldung für das Renntraining erklärt, dass alle Fahrer in vier Gruppen eingeteilt wurden, sodass möglichst gleich schnelle Fahrer gemeinsam auf der Strecke unterwegs waren und man sich so wenig wie möglich behinderte oder unter Druck setzte. Die Selbsteinschätzung eines Fahrers hatte bei der Anmeldung die Wahl zwischen „superschnell", „sehr schnell", „schnell" und „normal schnell". Axel schätzte sich als einen normal schnellen Fahrer ein, aber Sören hatte ihn gedrängt, auf dem Anmeldefax sein Kreuz bei „schnell" zu setzen. Dafür hatte er ihm versprochen, den ersten der sechs Turns von jeweils 20 Minuten in Axels Gruppe mitzufahren und ihm die Ideallinie zu zeigen. In den übrigen Turns würde Schulz bei den sehr schnellen Fahrern unterwegs sein.

„Ich bin in der schnellen Gruppe. Allerdings weiß ich nicht, ob ich dort hingehöre. Das wird sich aber bald herausstellen. Dann kann ich immer noch wechseln, hoffe ich."

„Mach dir keine Gedanken, du wirst da schon reinpassen. Und ein Gruppenwechsel ist wirklich kein Problem. Wenn du mit dem Speed-Mann Sören hier bist, gehörst du wahrscheinlich ohnehin zu den Schnellen."

Arne zeigte auf Sören, der immer noch wild zwischen den Motorrädern und den andern Fahrern tanzte und sich dabei laut rufend unterhielt. Er strahlte über das ganze Gesicht und strahlte Energie und Zuversicht aus. Axel fragte sich, wie es ihm wohl ohne die Speed-Tabletten gehen würde. Sören Schulz, der Highspeed-Mann: Das bekam plötzlich eine ganz andere Bedeutung. Dass der Polizeibeamte Sören Schulz illegale Substanzen zu sich nahm, würde Axel zunächst einmal ignorieren. Schulz war ein Kollege und ein Freund, irgendwelche Probleme regelte man intern. Axel nahm sich vor, nach seinem Urlaub mit Thomas Volkmann, dem direkten Vorgesetzten von Schulz, einen Kaffee trinken zu gehen.

Schulz fing Axels Blick auf und tanzte auf ihn zu.

„Na, du Rennfahrer, alles locker bei dir?", brüllte er über die Musik.

„Guck nicht so verkniffen, entspann dich!", brüllte er wieder und baute in seine Tanzbewegungen ein paar Karate-Hiebe ein. Die Bewegungen kamen ansatzlos und so schnell, dass Schulz sie kurz vor Axels Gesicht abstoppte, bevor er sich richtig erschrecken konnte. Axel grinste gequält und prostete Schulz aus sicherer Entfernung zu. Ob die anderen Motorradfahrer in der Box wussten, womit Schulz das Geld für die Renntrainings verdiente? Axel hatte Lust auf ein weiteres Bier und schlenderte zu einer Bank, hinter der einige Bierkästen gestapelt waren. Ein hünenhafter Mann mit rasiertem Schädel stand dahinter und gab mit steifen Bewegungen neue Flaschen aus. Er hielt dabei die Unterarme immer in einem rechten Winkel fixiert und bewegte den ganzen Körper, ohne den Oberkörper zu verdrehen. Axel musste lachen.

„Du machst hier den Arbeitsroboter, richtig?", fragte er über den Lärmpegel der Musik.

„Ich hätte gerne ein Bier, R2-D2", grinste Axel den Hünen an und imitierte dessen eckige Bewegungen. Der drehte sich kommentarlos um, kippte den Oberkörper vor, um eine Flasche aus der Kiste nehmen zu können, und reichte sie Axel mit steifen Unterarmen.

„Parabolika", sagte er mit ernstem Gesicht. Axel spürte, dass der Hüne keine lustige Nummer abzog, und stoppte schlagartig seine Imitation der Roboterbewegungen.

„Parabolika?", fragte er freundlich.

„In Hockenheim, du weißt schon."

Axel dämmerte, dass die Parabolika eine bestimmte Kurve auf der Rennstrecke Hockenheim sein musste.

„Vor drei Wochen hat es mich dort gerissen. Ist ja nicht gerade eine langsame Stelle. Mein Moped war Kernschrott, aber ich war nur für eine Minute benommen. Dachte ich jedenfalls, bis ich eine Stunde später wieder im Fahrerlager war. Nach dem ärztlichen Check, wohlgemerkt. Ich sitze also ganz friedlich in der Box auf meinem Campingstuhl und versuche mich an den Sturz zu erinnern. Plötzlich gucke ich an mir runter und sehe, dass sich meine Unterarme wie eine Luftmatratze aufpumpen. Innerhalb weniger Minuten sind die so stark angeschwollen, dass meine Kollegen die schöne Kombi aufschneiden mussten, sonst wäre die geplatzt. Ich hatte höllische Schmerzen und Unterarme wie das Michelin-Männchen. Doppelte Frakturen beidseitig. Und trotzdem habe ich vor lauter Adrenalin eine Stunde lang keine Schmerzen gespürt! R2-D2 … du hättest mich mal vor einer Woche sehen sollen. Im Vergleich dazu bewege ich mich mittlerweile geschmeidig wie eine Ballerina."

Axel blickte ehrfürchtig auf die beiden Unterarme. Dann stieß er mit seinem Bier vorsichtig gegen die Flasche des Hünen, die etwas verloren zwischen zwei sehr dicken Fingern klemmte.

„Nichts für ungut. Und gute Besserung. Vor der Parabolika werde ich mich in acht nehmen."

Axel trank von seinem Bier und sah entspannt dem munteren Treiben in der Box zu. Nach einer Weile brach er auf, um zur Toilette zu gehen. Auf dem Weg zu den Boxen war er an flachen Bauten mit den Duschen und Toiletten vorbeigekommen. Er stellte sein Bier ab, winkte Arne zu und machte sich auf den Weg. Vor der Box ließ ihn die Kälte der Nacht frösteln. Axel trottete zwischen den abgestellten Autos und Motorrädern los und bemerkte plötzlich, wie angetrunken er war. Vielleicht hätte er doch mehr als nur eine große Tüte Raststätten-Chips essen sollen. Ein schmaler Mann in einer hellen Lederjacke kam ihm leicht schwankend entgegen, offensichtlich auf dem Rückweg von den Toilettenanlagen. Axel wich einen halben Schritt nach links aus, um nicht mit dem Mann zusammenzustoßen. Im selben Augenblick korrigierte aber auch der seinen Richtung und brachte sich wieder auf Kollisionskurs mit Axel. Beide reagierten gleichzeitig und wechselten synchron die Seite. Axel sah den Zusammenprall kommen, sein Gehirn war aber davon überfordert, eine Kurskorrektur vorzunehmen. Im letzten Augenblick gelang ihnen eine halbe Drehung, sodass sie mit einer Handbreit Abstand aneinander vorbeiwischen konnten. Beide kicherten fröhlich.

„Na, dann gute Fahrt morgen!", rief der Mann im Weitergehen.

„Schlimmer kann es nicht mehr kommen!", erwiderte Axel und blieb stehen, um dem Mann hinterherzublicken. In dem kurzen Augenblick ihrer Begegnung hatte er vor allem ein enorm großes Kinn wahrgenommen. Woher kannte er dieses Kinn? Der Mann in der Lederjacke verschwand in einer anderen Box am Ende der Reihe, ohne dass Axel sich erinnert hatte und so setzte er seinen Weg fort. Auf dem Rückweg nahm er sich vor, nur noch ein letztes Bier zu trinken und dann schlafen zu gehen. Er wollte früh aufstehen und fit sein.

7.

Dumpfe Schläge hallten in seinem Schädel wider. Axel öffnete mühsam die Augen. In seinem Traum hatte er gerade dem Mann mit dem großen Kinn ein Interview gegeben und vom Verlauf des Rennens berichtet. Das Rennen? Axel richtete sich kerzengerade auf. Er war in Assen und gleich begann sein Renntraining! Mühsam verschaffte er sich eine Blickverbindung zu der Uhr im Cockpit. Sie zeigte 7:04 Uhr. Die dumpfen Schläge dröhnten wieder in seinem Schädel. Doch halt, das war nicht sein Schädel, das war heftiges Klopfen an der Tür des Wohnmobils.

„Guten Morgen, Sören!", rief Axel, so laut es seine schlaftrunkene Stimme zuließ.

„Ich bin schon wach und komme gleich raus."

„Falls dir das wirklich gelingt, kriegst du einen frischen Kaffee. Also los jetzt, es gibt noch einiges zu tun."

Axel ließ sich zurück auf das Bett fallen. Ganz eindeutig war es gestern Abend nicht bei einem letzten Bier geblieben. Er erinnerte sich, dass er mit Arne die technischen Details seiner Ducati diskutiert und auch mit anderen Fahrern heftig gefachsimpelt hatte. Steigender Alkoholpegel ließ anscheinend auch sein Fachwissen automatisch mit ansteigen. Jetzt war jedenfalls Schluss mit der Theorie, jetzt wurde es langsam ernst. Axel quälte sich in seine schwarze Funktionsunterwäsche mit langer Unterhose und langärmligem Unterhemd. Seine Socken fand er erst nach langem Suchen, aus irgendeinem Grund waren sie unter seinem Kopfkissen gelandet. Die Schuhe blieben verschwunden, also schlüpfte er in die Rennstiefel, ließ aber die Reißverschlüsse an den Seiten offen. Er öffnete die Tür des Wohnmobils, klemmte sich seinen Kulturbeutel unter den Arm und stakste in Richtung sanitäre Anlagen los. Eine milde Sonne war bereits über dem Fahrerlager aufgegangen, einige Fahrer wuselten um ihre Maschinen herum oder saßen noch geistesabwesend mit einer Tasse Kaffee in den Fingern auf einem Campingstuhl vor ihrem Fahrzeug. Axel pfiff unmelodisch den Metallica-Song vor sich hin, während er sich vor dem niedrigen Spiegel in dem Flachbau die Zähne putzte. In langen Unterhosen und Lederstiefeln sah er ziemlich dämlich aus. „That was just your life", sagte er zu sich selbst und musste grinsen. Gar nicht so schlecht, dieses Leben.

Neben seiner Z stand eine dampfende Tasse Kaffee. Sören kniete vor seiner grünen 636 und prüfte den Luftdruck. Axel griff sich einen Campingstuhl und setzte sich dazu.

„Wenn Sie dann auch noch den Ölstand kontrollieren und den Motor warmlaufen lassen würden, James", sagte Axel mit einem amateurhaften britischen Akzent in Richtung Sören, der vor ihm auf dem Boden hockte.

„Mir gelüstet nach einem Ausritt am Morgen."

„Sehr wohl, euer Gnaden. Würden Sie mir noch den gewünschten Luftdruck für die Reifen Ihres Rennpferdes verraten, damit ich ihn für Sie kontrollieren kann?"

Axel wurde das Schauspiel langsam doch ein wenig unangenehm, also stellte er seine Kaffeetasse ab und hockte sich vor seine Z, um die Ventilkappe des Vorderreifens abzunehmen.

„Na ja, auf der Landstraße sind 2,3 und 2,5 bar angesagt. Welchen Luftdruck empfiehlt denn der Fachmann für diesen Morgen?"

Sören hockte sich neben Axel und drehte den Reifen, bis er die Typenbezeichnung lesen konnte.

„Deine Pilot Power sollten mit 2,1 und 2,3 bar gut zurechtkommen. Wir kontrollieren nach dem ersten Turn mal das Reifenbild, dann sehen wir weiter. Wenn der Luftdruck stimmt, kannst du auch schon die Reifenwärmer in die Kabeltrommel einstecken. Um acht Uhr beginnt dein Turn. Und in 15 Minuten ist die Fahrerbesprechung vor Box 1. Ich war übrigens für uns schon bei der Anmeldung und habe deinen Transponder und die Startnummern geholt. Du hast die Startnummer 123. Dachte mir, die kannst du dir gut merken. Den Transponder kleben dir die Marshalls gleich vor der Ausfahrt auf deine Z."

Axel nahm die schwarzen Nummern in Empfang und klebte sie liebevoll auf den kleinen Windschutz über dem Scheinwerfer. Er ließ etwas Luft ab, bis der Druck stimmte, und steckte die Stecker der Reifenwärmer in die Kabeltrommel. Den Transponder legte er auf der Sitzbank ab. Zufrieden ließ er den Blick über seine Kawasaki gleiten. Mit der Startnummer sah sie gleich enorm professionell aus. Schulz lehnte an seinem Transporter und sah ihm zu. Er hielt etwas in der hohlen linken Hand und ließ es mit leisem Klackern darin auf und ab springen.

„So, die Maschine ist versorgt, jetzt ist der Fahrer an der Reihe. Gehirnzellen aufgepasst, hier kommt das Frühstück", sagte er mehr zu sich selbst als zu Axel. Er machte dieselbe schnelle Bewegung wie gestern Abend und warf sich den Inhalt seiner Hand in den Mund. Axel sah ihn fassungslos an.

„Was ist denn bloß mit dir los, Sören? Warum schluckst du diese verdammten Pillen wie Haribos? Wenn dein Job so anstrengend ist, solltest du etwas unternehmen. Speed zu schlucken ist keine Lösung."

Sören starrte ihn an, als würde er dem Klang von Axels Worten nachhorchen. Für einen Augenblick ließ sein Gesicht wieder einen Blick auf die tiefe Erschöpfung zu, die in ihm herrschen musste.

„Ach Axel, wenn du wüsstest … Dieser Job ist ein Moloch, der frisst dich bei lebendigem Leib."

Schulz gab sich selbst links und rechts eine saftige Ohrfeige und sprang in einer Kampfhaltung nach vorne.

„Und jetzt ist Schluss mit dem Geseire hier! Auf geht's zur Fahrerbesprechung."

Schulz tänzelte voran, während Axel widerstrebend folgte. Vor der ersten Box hatten sich bereits viele Motorradfahrer versammelt. In Lederzeug oder noch in Zivilkleidung umringten sie einen kleinen Mann, der in ihrer Mitte stand und auf sie einredete. Axel stellte sich dazu und versuchte, die Worte des Mannes zu verstehen.

„Flaggensignal ist immer ... Boxengasse nur bei ... Eine dringende Bitte, niemals ..."

Mehr als Bruchstücke drangen nicht zu ihm herüber. Er blickte Schulz fragend an. Der soufflierte ihm halblaut ins Ohr.

„Bei gelben Flaggen langsam weiterfahren, bei roten Flaggen ist der Turn abgebrochen. In der Boxengasse immer schön langsam. Bei einem Unfall vor dir nicht anhalten, die Streckenposten kümmern sich um alles Weitere. Und mein privater Tipp: Immer nur linksrum fahren!"

Der Mann in der Mitte kam zum Ende, die Gruppe applaudierte und verteilte sich wieder. Axel und Schulz kehrten zu ihrer privaten Wagenburg zurück, wo Schulz noch einen Kaffee aufsetzte. Dabei drehte er die Anlage im Transporter auf volle Lautstärke und beschallte den halben Platz mit Gitarrenmusik. Axel stand vor der offenen Wohnmobil-Tür und angelte sich nach und nach die Kleidungsstücke aus dem Inneren. Die Stiefel zog er wieder aus, um in die Kombi schlüpfen zu können, erinnerte sich gerade rechtzeitig noch an den Rückenprotektor, bevor er die Kombi über die Arme zog. Schließlich griff er nach Helm und Handschuhen und trat zu seiner Z. „Almost like your life" dröhnte aus dem Transporter und Axel ging hin, um den Volume-Knopf auf Maximum zu drehen. Die Musik brüllte ihm ins Ohr, während er den Helm aufsetzte und die Handschuhe überzog. Er fühlte sich wie ein Ritter, der seine Rüstung anlegt, bevor er in die Schlacht zieht. Um sie herum wurden die ersten Motorräder gestartet. Schulz blickte auf seine Armbanduhr, die er zusammen mit einem Zeitplan aller Turns mit breitem Tape von innen an eine Seitenscheibe des Transporters geklebt hatte. Er trat zu Axel und hielt ihm seine Hand mit drei ausgestreckten Fingern vor das Gesicht.

„Noch drei Minuten. Gentlemen, start your engines!"

Axel zog die Stecker der Reifenwärmer aus der Kabeltrommel, rollte die Reifenwärmer ein und hob die Z vom Vorder- und Hinterradständer. Er steckte den Transponder in den Halsausschnitt der Kombi und schwang ein Bein über die Sitzbank. Dann starrte er mit leerem Blick auf das Zündschloss. Der Schlüssel! Wo war der verdammte Zündschlüssel? Fluchend kickte er den Seitenständer heraus und rannte zum Wohnmobil. Er riss die Handschuhe herunter und quetschte sich mit Helm durch die niedrige Tür. Seine Klamotten waren im Innenraum verteilt, die Hose lag auf dem Boden. Mit fliegenden Fingern durchsuchte Axel die Hosentaschen, ohne den Schlüssel zu finden. Das Wohnmobil füllte sich mit Motorlärm, als Schulz mit seiner Ninja dicht vor der Tür hielt und zwischen Gasstößen hereinbrüllte.

„Wo bleibst du denn? Willst du kneifen, oder was? Mach hin, Mann, der Turn beginnt!"

Axel spürte, wie Hitze in ihm aufstieg. Wo hatte er den Zündschlüssel seiner Kawasaki versteckt? Er schielte verzweifelt auf den Fahrersitz und das Zündschloss des Wohnmobils. Der kleine grüne Drache fiel ihm ein und dann sah er seinen Dienstausweis vor sich, als er zuhause den Zündschlüssel unter das Plastik schob. Mit einem Griff zur Jacke nahm er den Ausweis und klaubte den Schlüssel heraus. Einen Augenblick später saß er auf der Z und startete den Motor. Der Türrahmen des Wohnmobils erzitterte, als Axel die Tür im Losfahren zutrat. Er erwischt Schulz gerade noch, als der durch das Tor zur Auffahrt auf die Strecke abbog. Zwei Streckenposten mit orangenen Warnwesten nahmen von den Fahrern vor ihm die Transponder entgegen und klebten sie mit einer Halterung auf die Verkleidung. Axel fummelte den kleinen roten Sender aus seiner Kombi und reichte ihn einem der Streckenposten. Falls sein Auspuff zu laut sein sollte, würde ihn die Rennleitung mithilfe des Transponder-Signals identifizieren und aus dem Verkehr ziehen können. Aber Axel hatte die serienmäßige Auspuffanlage seiner Z unverändert gelassen, deshalb konnte er der Geräuschmessung auf der Strecke gelassen entgegensehen. Ein freundlicher Klaps auf den Rücken zeigte ihm, dass der Streckenposten mit seiner Klebearbeit zu einem Ende gekommen war. Am Anfang der Boxengasse wartete Schulz auf ihn. Axel klappte sein Visier herunter, streckte links und rechts die Beine und konzentrierte sich, während er hinter Schulz die Boxengasse entlangzockelte. Dann war die niedrige Mauer links zwischen Boxen und Strecke zu Ende, nach einem schellen Schulterblick bogen sie auf die Strecke ab. Und es ging los!

Schulz beschleunigte sofort, Axel blieb dran und das kurze Sprintstück bis zur ersten Rechtskurve reichte aus, um in Axels Kopf die Pforten für eine nicht versiegende Gedankenflut zu öffnen. „Man könnte hier bremsen, wieso bremst der nicht, wir sind doch schon in der Kurve, wieso fährt der immer noch geradeaus, huch, das ist ja eine ganz schöne Schräglage, ob die Reifen schon warm genug sind, mein Gott, wieso beschleunigt der so, bremsen, man sollte bremsen, wo geht denn diese Kurve hin, das ist ja eine merkwürdige Linie, die Sören da drauf hat, das geht doch niemals gut …“ Es dauerte eine Weile, bis Axel das Gerede in seinem Kopf bewusst wurde. Schulz war immer noch in Sichtweite, die Z lag stabil und vertrauenerweckend und der Kurvenspeed kam ihm geradezu weltmeisterlich vor. Also erteilte er seinen Gedanken ein Sprechverbot und versuchte, sich zu entspannen. Nach wenigen Kurven legte sich ein zweites Motorgeräusch über das der Z, kam immer näher und breitete sich in seinem Helm aus. Da war offensichtlich ein anderes Motorrad dicht hinter ihm und beschleunigte zeitgleich mit der Z, sodass sich die Motorengeräusche wie das Gesumme streitender Wespen überlagerten. Axel zwang sich, nicht zurückzuschauen, stattdessen konzentrierte er sich lieber auf eine saubere Linie durch die Kurven, damit er für den Fahrer hinter sich berechenbar blieb. Bei der Vollgasfahrt in Richtung auf eine 90-Grad-Kurve setzte sich das andere Motorrad ganz langsam neben ihn, konnte ihn aber nicht überholen. Axel sah nur eine schlanke schwarze Silhouette und tippte auf eine 600er, die auf der Geraden langsamer als seine Z war. Auch der Fahrer war ganz in schwarz gekleidet, nur im Nacken tanzte etwas Helles auf und ab. Axel fixierte die Kurve, die pfeilschnell auf ihn zuschoss. In wenigen Augenblicken war die Zeit für eine Vollbremsung gekommen, aber der schwarze Fahrer neben ihm behielt unbeirrt den Gashahn weit offen. Irgendwann musste der doch die Nerven verlieren und bremsen! Die Kurve schoss heran, Axel gab sich geschlagen, richtete sich auf und bremste wild. Die schwarze Maschine setzte sich vor Axel. Jetzt erkannte er einen langen blonden Zopf, der hinter dem schwarzen Helm flatterte. Er war soeben von einer Frau hergebrannt worden! Endlich bremste auch die Fahrerin und legte ihr Motorrad sofort mit einem energischen Impuls in die Kurve. Als Axel an derselben Stelle ankam, war sie schon längst wieder am Kurvenausgang, gab Gas und überholte Schulz elegant außen herum. Die Fahrerin war offensichtlich die Erste aus einer Gruppe schnellerer Fahrer gewesen, denn nun wurde Axel von einem Schwung anderer Motorräder überholt. Sie stachen so mühelos an ihm vorbei, dass Axel ganz kleinlaut wurde. Aber er hatte genug damit zu tun, an Schulz dranzubleiben und sein Tempo zu halten. Nach einer Rechtskurve sah er ein langes gerades Stück Strecke vor sich, rutschte nach hinten, legte den Kopf auf den Tank und gab Vollgas. Grimmig hielt er das Gas offen, als die nächste Linkskurve näherkam, richtete sich so spät wie möglich auf und folgte Schulz auf der Linie in die Kurve, die dieser zehn Meter vor ihm vorgab. Links kreuzte die Z beinahe die innere Begrenzung der Kurve und folgte dann beim Herausbeschleunigen einer sanften Linie bis auf die andere Seite der Strecke. Axel spürte, wie ein Gefühlsmix aus Glück, Aufregung und Angst über ihn hinwegrollte und er hörte sich selbst zu, als er wie ein Tobsüchtiger in seinen Helm brüllte. „Das war gut, das war supergut!“ Seine Euphorie wurde von Entsetzen überlagert, als er sich sehr schnell einer Schikane näherte. Fr bremste hart und schaffte es beinahe nicht mehr die Bremse wieder loszulassen, um die Z in den ersten Rechtsknick der Schikane umzulegen. Viel zu langsam kam er aus der Schikane und erkannte jetzt erst, dass er wieder bei Start und Ziel angekommen war. Er hatte gerade mal seine erste Runde beendet und sein gesamter Organismus war bereits in heller Aufregung. Schulz beschleunigte vor ihm aufreizend langsam, drehte sich dabei auch noch um und winkte ihn heran. Axel machte sich flach und riss das Gas auf. Bis zum Ende der Geraden hatte er Schulz erreicht, der bereits das rechte Knie herausklappte und seine Ninja in die Kurve fallen ließ. Axel konnte nur einen Herzschlag lang in Geradeausfahrt bremsen, dann musste auch er einlenken und der Kurve folgen. Er hatte noch nie zuvor bis in eine Kurve hineingebremst und er war auch noch nie in solch einer scharfen Kurve so schnell unterwegs gewesen. Trotzdem folgte er wieder der Linie von Schulz ganz nach innen, wo er sein rechtes Knie für einen Augenblick über die rot-weißen Steine der Streckenbegrenzung huschen sah, und dann ganz nach außen, bis sein Vorderrad kurz den weißen Strich am Fahrbahnrand berührte. Das war noch mal gut gegangen! Eigentlich war es sogar sehr gut gegangen, eigentlich gehörte das sogar so. Axel nahm sich vor, diese Kurve in jeder Runde genau so wieder zu nehmen. Für ein paar Runden blieb Axel nun so dicht wie möglich hinter Schulz und versuchte, sich die Ideallinie zu merken. Schließlich ließ seine Konzentration langsam aber sicher nach. Es fiel ihm zusehends schwerer, an Schulz dranzubleiben und so winkte er ihm zu, er solle weiterfahren, als er sich wieder einmal auf der Geraden nach ihm umdrehte. Schulz zeigte seinen Daumen und gab Gas. Nach wenigen Kurven hatte Axel ihn aus den Augen verloren. Bei der nächsten Vorbeifahrt an Start und Ziel reckte einer der Streckenposten eine schwarz-weiße Flagge über die Boxenmauer und winkte damit. Es folgte also nur noch diese eine Runde bis zum Ende des ersten Turns. Axel versuchte, die Einlenkpunkte der Kurven auch ohne Schulz zu finden. Er fuhr entspannt und trotzdem schnell – zumindest fühlte es sich so an. In der Schikane vor Start und Ziel stand jetzt ein Streckenposten und lotste ihn mit einer roten Flagge von der Strecke. Im Fahrerlager hatte Schulz seine Ninja bereits aufgebockt und erwartete ihn. Als Axel die Z neben der Ninja anhielt, klemmte sich Schulz das Vorderrad zwischen die Beine und hielt die Z in der Balance. Axel schwang ein Bein über die Sitzbank. Der Asphalt fühlte sich ein wenig an wie der erste Landgang nach drei Wochen auf hoher See. Er klappte sein Visier hoch und realisierte, dass er am ganzen Körper nass geschwitzt war. In seinem Kopf war noch das Brausen der Rennstrecke und ein angenehmes Gefühl, das er schlecht beschreiben konnte. Er trat neben Schulz, es fehlte nicht viel und er hätte ihn umarmt.

„Mensch Sören, das war ja so geiiiiil! Die lange Links vor der Schikane, wenn man da lange genug außen bleibt … Und am Ende von Start und Ziel …"

Schulz grinste ihn an.

„Jetzt weißt du besser, wovon ich gestern gesprochen habe. In deinem Blut zirkuliert gerade eine Menge Chemie, die dein Körper zwanzig Minuten lang hektisch produziert hat. Und diesen Flash merkt er sich jetzt, den will er wieder haben, so schnell wie möglich. In der Zwischenzeit wäre ich dir sehr verbunden, wenn du mich von deinem peinlichen Straßenmotorrad befreien würdest."

Axel beeilte sich, die Z auf die Ständer zu hebeln. Als er endlich den Helm auszog, lief ihm eine dicke Schweißperle zwischen den Augen hindurch über die Wange. Er setzte sich in den Campingstuhl und streckte die Beine aus. So großartig hatte er sich nicht mehr gefühlt, seit – aber an Renate wollte er in diesem Moment nicht denken. Er rappelte sich wieder hoch und zog die Reifenwärmer auf. Die Reifen der Z waren an den Flanken ziemlich weit genutzt worden, es fehlte nur noch ein guter Zentimeter bis zur Reifenkante. So schräg war Axel mit der Z noch nie gefahren. Dafür hatte das Fahrwerk teilweise auch heftig gepumpt und die Vordergabel war beim harten Anbremsen auf Block gegangen. Vor dem nächsten Renntraining würde er das Fahrwerk von einem Fachmann deutlich sportlicher einstellen lassen. Sören trat hinter ihn, während Axel das letzte Stück Reifenwärmer aufzog.

„Das Reifenbild ist ganz ok soweit, der Luftdruck stimmt also. Am Ende des Tages will ich keinen ungenutzten Streifen auf deinem Reifen mehr sehen, Kollege. Du hast ja für den ganzen Reifen bezahlt, deshalb solltest du ihn auch komplett in Anspruch nehmen."

Axel verstand sofort, dass nun die Zeit für eine Manöverkritik gekommen war. Wie ein Schüler stellte er sich neben die Z und lauschte den Worten des Meisters.

„Die Linie gefällt mir schon ganz gut und auch das Herausbeschleunigen ist okay bei dir."

Axel grinste und machte eine abwehrende Handbewegung, obwohl er eigentlich derselben Meinung war wie Schulz. Viel schneller als er konnte kaum ein Mensch auf dieser Welt fahren. So fühlte es sich wenigstens an. Schulz, der Highspeed-Mann, hatte sich am Ende des Turns wahrscheinlich nur mit Mühe von ihm absetzen können.

„Aber kannst du mir mal verraten, weshalb du vor den Kurven quasi bis auf Schritttempo abbremst und in der Kurve auf Zeitlupentempo umschaltest? Willst du unterwegs die Blumen zählen, oder was?"

Axel grinste krampfhaft weiter. Sollte seine Fahrweise möglicherweise doch noch ungenutztes Verbesserungspotenzial in sich tragen?

„Das Motorrad und deine Reifen können deutlich mehr Kurvenspeed ab. Hast du die Pylonen an den Einlenkpunkten der Kurven gesehen?"

Axel schüttelte den Kopf. Auf der Strecke, auf der er unterwegs gewesen war, hatte es keine rot-weißen Hütchen gegeben.

„Es ist ganz normal, dass du die nicht gesehen hast. Deine Aufmerksamkeit war vollkommen damit ausgelastet, die Kurven richtig zu treffen. Vielleicht kannst du beim nächsten Mal darauf achten. In jeder Kurve steht ein Pylone am Einlenkpunkt, am Scheitelpunkt der Kurve und am Kurvenausgang. Am ersten Pylone kannst du deinen Bremspunkt orientieren. Oder du suchst dir einen Fleck auf dem Asphalt nah der Stelle, an der du jetzt bremst. Und bremst in jeder Runde einen Meter später."

Schulz klopfte ihm auf die Schulter.

„Das wird schon. Du hast noch ein paar Turns vor dir. Heute Abend sieht das ganz anders aus. Und jetzt solltest du viel trinken."

Die Besprechung war offensichtlich beendet und Axel entlassen. Er holte sich sein Handy aus dem Wohnmobil und schlenderte zu Box 1, wo der Veranstalter einige Kästen Mineralwasser für die Teilnehmer bereitgestellt hatte. Erst als er trank, merkte er, wie durstig er war. In der Nebenbox sah er durch den Trennzaun den Fahrer mit dem großen Kinn von gestern Abend. Ein paar Leute standen um ihn herum und hörten ihm zu. Jemand schrieb sich dabei etwas auf einen Notizblock und machte Fotos.

„Na, Axel, wie lief es beim ersten Turn?"

Arne hatte sich gerade eine Flasche Wasser geholt und prostete ihm damit zu. Er hatte das Oberteil seiner Kombi ausgezogen und die Ärmel vor dem Bauch verknotet. Seine blaue Funktionsunterwäsche zeigte dunkle Schwitzflecken. Arne sah erschöpft aus.

„Es war sowas von super, ich kann dir gar nicht sagen, wie happydingdong ich bin. Hat sich angefühlt, als könnte ich Rossi davonfahren. Was möglicherweise nicht den Tatsachen entspricht", sagte Axel mit einem frohen Lachen. Arne stimmte ein.

„Das kenne ich gut. Die klassische Bemerkung an dieser Stelle ist, dass es nicht auf Rundenzeiten ankommt, sondern einfach nur Spaß machen soll. Zumindest sagen das immer alle. Die Wahrheit ist allerdings: Jeder will schneller werden. Leider gelingt das nicht allen gleich gut. Der da hat jedenfalls keine Probleme mit dem Schnellfahren."

Arne war Axels Blick in die Nebenbox gefolgt, wo der Mann in der weißen Lederjacke immer noch umlagert wurde.

„Der da? Wer ist das denn?", fragte Axel, ohne den Blick abzuwenden.

„Wer das ist? Na, du bist lustig. Andererseits hast du Recht, der will ja selbst nur ein Fahrer wie jeder andere sein."

„Aha, will der das? Na, meinetwegen."

Axel gab es auf, das Geheimnis des Mannes mit dem großen

Kinn zu lüften. Er musste seine Z auf den nächsten Turn vorbereiten. Auf dem Weg zurück zum Wohnmobil krähte sein Handy und signalisierte den Eingang einer SMS. Axel checkte das Display, erkannte die Handynummer des Absenders und zögerte. Wollte er wissen, was Kollege Dünne ihm Dringendes mitzuteilen hatte? Es war weniger das Pflichtgefühl eines braven Beamten, das ihn dazu brachte, die Nachricht zu lesen. Es war eher eine Eigenschaft, die ihn zu einem guten Kommissar machte: brennende Neugierde. „Gerüchteküche sagt: Schulz weiß etwas ü. Wallrafplatz", lautete die SMS. Ein Motorradreifen rollte langsam gegen den linken Fuß von Axel. Er sah hoch und blickte in die geröteten Augen von Schulz, der mit laufendem Motor auf seiner Ninja saß.

„Mein Turn beginnt. Kannst ja mal meine Rundenzeiten stoppen. Und überhaupt zugucken, wie die großen Jungs das so machen."

Schulz klappte sein Visier herunter und rollte davon. Axel blickte ihm hinterher. Was immer Schulz mit dem Toten vom Wallrafplatz zu tun hatte, es war garantiert nichts, wovon er gerne bei einer Tasse Kaffee erzählen würde.

8.

Axel verbrachte den halben Turn an die Boxenmauer gelehnt und beobachtete, wie die Fahrer aus der sehr schnellen Gruppe die Rechtskurve nach Start und Ziel nahmen. Die Mauer vibrierte jedes Mal, wenn ein Pulk Motorräder vorbeidonnerte und eine unsichtbare Welle Energie vor sich herschob. Schulz gehörte auch in dieser Gruppe eindeutig zu den flotteren Fahrern, sein Bremspunkt lag weit hinter dem der anderen. Er schien keine Furcht zu kennen. Axel fragte sich, wie sehr das Speed die realistische Einschätzung einer Situation verzerrte und ihn Risiken eingehen ließ. Ob der Motorsport eine der letzten Bastionen im Leistungssport war, bei dem Doping die Leistungen eines Fahrers eher verschlechterte als verbesserte? Axel ging zurück zur Z und checkte den Tankinhalt. Die Fahrweise auf der Rennstrecke hatte deutlich mehr Sprit verbraucht als normalerweise, nach dem nächsten Turn würde er tanken müssen. Axel verglich den Zeitplan am Transporterfenster mit der Uhrzeit. Es blieben noch zehn Minuten bis zu seinem zweiten Turn. Er holte seinen iPod aus dem Wohnmobil und klickte sich wieder bis zu seiner Türkisch-Lektion. Auf dem Campingstuhl sitzend, die Z fest im Blick, vertiefte sich Axel in türkische Konversation. Als sich eine Hand auf seine Schulter legte, brach er das Gespräch über Obstsorten schlagartig ab und riss sich die kleinen Kopfhörer aus den Ohren. Schulz stand hinter ihm und blickte ihn besorgt an.

„Was ist mir dir, du sprichst mit dir selbst und auch noch unverständliches Zeug?"

„Nun ja, jeder nimmt so seine eigenen Drogen."

Axel grinste schief zu Schulz hoch.

„Meine bestehen aus einem türkischen Sprachkurs. Wieso bist du schon hier?"

„Jemand meinte, mich dringend in der langen Linkskurve überholen zu müssen. Dabei hat er sich ein wenig überschätzt und jetzt ist der Turn abgebrochen, weil eine Ölspur entfernt werden muss. Dein Turn wird aber wohl pünktlich anfangen. Lass mal deinen iPod hier, ich überspiele dir die neue Metallica von meinem Laptop. Du willst ja auf Reisen gehen, da brauchst du einen vernünftigen Soundtrack."

Axel reichte ihm den iPod. Um sie herum starteten bereits die ersten Motoren, es wurde Zeit, sich fertig zu machen. Axel vollführte das Ankleide-Ritual, rollte die Reifenwärmer zusammen und holte die Z von den Ständern. Diesmal steckte der

Schlüssel bereits im Zündschloss. Schulz trat zu ihm und brüllte ihm durch den Motorlärm ins offene Visier.

„Okay, du Rennfahrer. Dann bleib mal entspannt, aber sei sparsam mit deinen Bremsbelägen. Viel Spaß!"

Axel nickte und ließ die Z zu dem Streckenposten rollen, der seinen Transponder checkte und ihn wieder mit einem Klaps auf die Schulter in die Boxengasse schickte. Dort versperrte ein anderer Posten die Durchfahrt mit einer roten Flagge. Ein großer Pulk Motorräder drängte sich mit laufenden Motoren vor der Absperrung. Alle Fahrer warteten gierig darauf, wieder auf die Strecke fahren zu dürfen und überprüften nervös den Sitz von Helm und Handschuhen. Die vielen Motorengeräusche vereinigten sich zu einem tiefen Grollen voller Energie und Aggression. Axel stellte mit Entzücken fest, dass er aufgeregt war. Endlich hielt sich der Posten ein Funkgerät ans Ohr, lauschte den Anweisungen, die aus dem kleinen Lautsprecher krächzten, und gab die Strecke frei. Alle drängten sich so schnell wie möglich aus der Boxengasse. Axel beschleunigte vorsichtig und ließ sich von einem Dutzend Fahrern überholen. Dann kam die Rechtskurve nach Start und Ziel und das Gefühl aus dem ersten Turn stieg wieder in ihm hoch. Während er am Kurvenausgang beschleunigte, verzog sich sein Mund zu einem breiten Grinsen.

20 Minuten später war Axel um einige Erfahrungen reicher zurück bei Schulz. Dazu gehörte auch sein erster Überholvorgang auf der Strecke inklusive des befriedigenden Gefühls, nicht der Langsamste seiner Gruppe zu sein. Allerdings war er von den meisten anderen Fahrern mit solcher Leichtigkeit überholt worden, dass sich Axels Selbstbewusstsein in bescheidenen Grenzen hielt. Die Z war mittlerweile ganz deutlich an ihrem Limit angekommen. Das Fahrwerk rührte und wackelte, was das Zeug hielt. Wenn er ganz ehrlich war, wünschte er sich auch

mehr Leistung beim Beschleunigen auf der Geraden. Seine schöne Z zeigte ganz einfach, dass man mit ihr entspannt durch die Stadt zur Arbeit fahren und eine nette Tour in die Eifel machen konnte. Es war zu viel verlangt, mit ihr auch auf der Rennstrecke optimal unterwegs sein zu wollen. Die verstümmelte ZX-10R auf der Hebebühne fiel ihm wieder ein. Vielleicht sollte er Nehls doch einmal nach dem Preis dieses Supersportlers fragen. Während er die Z betankte, schielte Axel zu Schulz herüber, der mit wippenden Knien auf seinem Campingstuhl saß und geistesabwesend vor sich hin starrte. Axel schraubte den Benzinkanister wieder zu und schnappte sich den zweiten Campingstuhl. Er setzte sich neben Schulz und blickte mit ihm über die beiden Kawasakis hinweg in Richtung Rennstrecke. Am Ende des Asphaltplatzes sah man hinter einem massiven Drahtzaun die Maschinen des laufenden Turns nach einer Haarnadelkurve beschleunigen. Axel wartete eine Minute, bis er Schulz ansprach.

„Mensch Kollege, ich mach mir Sorgen um dich. Dein Leben scheint zurzeit extrem anstrengend zu sein. Die Pillen, die du einschmeißt, sind ja kein Aspirin, eigentlich verhaftest du die Leute, die sowas einnehmen. Hast du besonderes viele Nachteinsätze im Moment, oder warum steht Speed auf deinem Speisezettel?"

Schulz schien von weit herzukommen, als er Axel jetzt anschaute. Auf seinem Gesicht spiegelte sich der Konflikt, Axel ins Vertrauen zu ziehen oder die professionelle Distanz zu wahren.

„Tatsächlich bin ich Tag und Nacht im Einsatz. Hast du schon mal verdeckt ermittelt, Kollege?", fragte Schulz mit müder Stimme. Axel war am Anfang seiner Ausbildung einmal drei Karnevalstage lang als Lockvogel für Taschendiebe unterwegs gewesen, aber das war bestimmt nicht, was Schulz unter verdeckter Ermittlung verstand. Axel schüttelte wortlos den Kopf.

„Wenn du zu lange dabei bleibst, frisst es dich auf. Du weißt nicht mehr so genau, wer du bist. Du verhältst dich, wie es deine Rolle erfordert. Und manchmal ist das nicht besonders angenehm."

Axel wartete ab, aber da kam nichts mehr von Schulz. Schließlich entschied sich Axel für den Frontalangriff.

„Hast du schon von dem Toten auf dem Wallrafplatz gehört?"

Schulz nickte. Er hob den Kopf und blickte Axel fest in die Augen. Dann ließ er den Blick wieder zur Rennstrecke schweifen.

„Klar habe ich davon gehört. Ließ sich ja kaum vermeiden. Die halbe Stadt spricht davon."

„Hast du eine Idee, wer sich da eine Schießerei geliefert hat?"

Noch bevor er antwortete, wusste Axel, dass Schulz seine Geheimnisse für sich behalten würde. Axel konnte dies gut verstehen. Wahrscheinlich hätte er sich im umgekehrten Fall genauso verhalten.

„Nee, keine Ahnung, wer da um sich ballert. Wahrscheinlich keine deutschen Kriminellen, denen geht es zu gut, die tragen Konflikte nicht mit so viel Entschlossenheit aus."

„Der Zahnersatz des Toten lässt vermuten, dass es sich um einen Kurden handelt."

Axel glaubte, einen Wimpernschlag lang Überraschung auf Schulz Gesicht zu erkennen, aber dann war sein Ausdruck wieder leer und nichtssagend.

„Ein Kurde? Das würde diverse politische Zusammenhänge möglich machen. Und die Gewaltbereitschaft erklären. Wie willst du in diesem Fall weiter vorgehen?"

Axel registrierte, dass soeben er das Objekt einer Befragung wurde. Ob Schulz eine Störung bei seinen verdeckten Ermittlungen befürchtete? Hatte Axel Anlass, Schulz über die Ermittlungen im Dunkeln tappen zu lassen? Glücklicherweise konnte Axel nicht viel falsch machen: Eigentlich tappte er selber noch im Dunkeln.

„Ich werde so vorgehen, dass ich morgen früh mit der Z Richtung Südfrankreich losfahre. Und den Kollegen Dünne machen lasse. Wenn ich dann eine Woche später wieder im Präsidium bin, hat der den Fall in der Zwischenzeit gelöst."

Schulz lachte.

„Das ist eine ausgezeichnete Strategie. Kollege Dünne ist genau der Richtige dafür. Allerdings musst du dann die Z unversehrt zurück nach Köln bringen. Also mach keinen Fehler wie der Kollege in meiner Gruppe eben. Ich zeig dir mal, wie ein 10.000-Euro-Motorrad nach einer 80-Meter-Rutschpartie auf gutem holländischen Asphalt aussieht."

Schulz stand auf und winkte Axel mit sich. Nur wenige Meter weiter standen ein halbes Dutzend Fahrer um eine aufgebockte Suzuki und sahen dem Besitzer dabei zu, wie er die Reste der Rennverkleidung von der Maschine riss.

Axel umrundete das Motorrad. Auf der rechten Seite war sie wie neu und hätte so als Schmuckstück im Fenster eines Motorradladens stehen können. Auf der linken Seite fehlte die Verkleidung, der Motordeckel war durchgeschliffen und gab den Blick auf die Kupplung frei, Tank, Lenkerstummel, Kupplungshebel und die Fußrasten waren verbeult, abgeknickt oder sauber bis auf das Metall abgeschliffen. Mit diesem Motorrad würde man erst nach dem Einsatz von etlichen Euros und Arbeitsstunden wieder Runden auf einer Rennstrecke drehen können.

„Das sieht nicht gut aus", raunte Axel dem neben ihm stehenden Schulz ins Ohr.

„In Wahrheit alles halb so wild. Glücklicherweise war kein Hindernis im Weg und die Maschine hat sich nicht überschlagen. Rahmen und Reifen sähen sonst anders aus. Trotzdem solltest du das nicht nachmachen."

Die beiden gingen zurück zu ihren Maschinen. Schulz gab Axel den iPod zurück und begann, sich langsam auf seinen nächsten Turn vorzubereiten. Axel sah ihm zu, wie er die Ninja startklar machte und sich umzog. Schulz hatte sich von den beiläufigen Fragen über den Toten vom Wallrafplatz nicht aus der Reserve locken lassen. Es gab nichts, was Axel Dünne für die Gerüchteküche zurückmelden konnte. Trotzdem wählte er dessen Handynummer. Es klingelt ziemlich oft, bis Dünne den Anruf annahm.

„Hallo Willi, Axel hier. Ich wollte dir nur kurz auf deine SMS antworten."

Dünne schwieg einen Augenblick. Axel war klar, dass ein Anruf bei einem Kollegen an einem Samstag normalerweise einen wirklich dringenden Anlass haben musste, aber schließlich hatte Dünne ihn ja auch nicht in Ruhe gelassen.

„Ja, und?"

Dünne ließ ihn deutlich spüren, dass der Anruf nicht erwünscht war.

„Schulz behauptet, er könne keine Hinweise auf Hintergründe des Mordes geben. Was hast du denn genau darüber gehört?"

„Na ja, Genaues habe ich nicht gehört, nur den üblichen Flurfunk. Schulz' Abteilung soll seit einiger Zeit an einer großen Sache dran sein. Die halten sich extrem bedeckt. Und das ist ja meistens ein Zeichen dafür, dass etwas kurz vorm Ausbrüten ist. Ich hatte den Eindruck, da war niemand überrascht, von unserem Toten zu hören. Aber mehr kann ich leider auch nicht dazu sagen."

„Tja, Kollege, dann kann ich hier und heute keine besseren Hinweise geben. Viel Erfolg in der nächsten Woche."

„Geht schon klar. Bleib du mal auf deinem Moped sitzen. Und, Axel …"

„Ja, Willi?"

„Bitte ruf mich nicht mehr Samstag mittags an. Dann genieße ich nämlich meistens meine Sauna."

Axel legte auf und grinste vor sich hin. Soso, Kollege Dünne hockte also in der Sauna. Es würde sich in Zukunft bestimmt eine neue Gelegenheit finden, ihn hinter dem Saunaofen hervorzulocken.

Den nächsten Turn verbrachte Axel wieder an der Boxenmauer, stoppte die Rundenzeiten von Schulz und wunderte sich, wie problemlos der von einer Honda mit weißer Rennverkleidung überholt wurde. Nur wenige Fahrer aus Schulz' Gruppe waren schneller als er, aber der Fahrer der weißen Honda absolvierte die Überholvorgänge mit besonders viel Lässigkeit. Axel merkte sich die Startnummer, um sich den Fahrer später einmal genauer anzusehen. Er drückte sich wieder die iPod-Kopfhörer in die Ohren, klickte aber die Türkisch-Lektion schnell weg, um zu den Songs von Metallica zu kommen. Das war der richtige Sound zu den vorbeirasenden Motorrädern, außerdem war er gerade noch laut genug, um die Motorgeräusche zu übertönen. Schließlich war der Turn zu Ende und Axel beobachtete, wie die Maschinen nach und nach von der Strecke kamen und die Boxengasse entlangfuhren. Die weiße Honda war nicht zu übersehen, Axel folgte ihr bis zu der Box. Und natürlich war es der Fahrer mit dem großen Kinn, der von der Honda stieg, um mit großen Gesten einem Mechaniker etwas über die Honda mitzuteilen. Axel fand es etwas affig, als Hobbyracer solch professionelles Verhalten zu imitieren. Aber der Speed des Hondafahrers sprach eindeutig für ihn, sollte er also ruhig seinen Spaß haben.

Die Zeit bis zu Axels nächstem Turn verging schnell. Mittlerweile kannte er die Strecke besser und konnte sich deshalb auf andere Aspekte der Fahrtechnik konzentrieren. Blieb der Ausschnitt seiner Wahrnehmung bisher meist auf wenige Meter vor dem Vorderreifen begrenzt, bemühte er sich jetzt, den Blick abzuwenden und bis zum Kurvenausgang zu schauen. Er sah dann besser, auf welcher Linie er fahren musste, die Kurve schien plötzlich weniger eng und gefährlich. Aber es erforderte auch große Willensstärke, nicht länger seinem Instinkt zu folgen und nicht mehr dort hinzusehen, wo er sich tatsächlich hinbewegte. Die Scharmützel mit anderen Fahrern wurden häufiger, weil Axel in jeder Runde auf einen Fahrer stieß, der anscheinend langsamer fuhr als in den Turns zuvor. Er blieb viel zu lange dicht hinter ihm und folgte genau der fremden Kurvenlinie, bis er sich endlich ein Herz nahm und auf einer anderen Linie überholte. Nachdem er den vierten Fahrer überholt hatte, erkannte er die wunderbare Wahrheit: Nicht sie waren langsamer, sondern er war schneller geworden.

Als er nach Ende des Turns hoch zufrieden zurück zu seinem Wohnmobil rollte, fehlte die Ninja von Schulz. Erst als Axel die Z versorgt hatte und sich auf dem Campingstuhl niederließ, sah er die grüne Silhouette der Verkleidung hinter der Scheibe des Transporters glänzen. Axel trat an die Scheibe und legte die Hände über die Augen auf das Glas, um hineinsehen zu können. Schulz hatte die Ninja transportfähig festgezurrt und bereits seine komplette Ausrüstung verstaut. Irritiert suchte Axel zwischen den Fahrern auf dem Platz nach Schulz, konnte ihn aber nirgends erkennen. Axel machte sich auf den Weg zu den Boxen und suchte sie ab. In der Party-Box von gestern Abend saß Arne mit hängendem Kopf vor seiner Ducati. Öl floss in großen Tropfen aus dem Motorgehäuse in einen Camping-Grill, an dem jemand in höchster Not die Beine weggebogen hatte, um ihn als Auffangbecken unter die Ducati schieben zu können.

„Mensch Arne, was ist denn hier passiert? Die Ducati ist inkontinent?“

Arne sah hoch. Er war nicht erfreut.

„Aus die Maus! Zumindest für dieses Renntraining. Ein echter Blutsturz, beziehungsweise ein Ölbad. Keine Ahnung, was los ist. Die Ablassschraube oder sonst etwas Geringfügiges ist es jedenfalls nicht.“

„Das tut mir echt leid. Aber weißt du, wo Sören Schulz ist? Der hat zusammengepackt und ist verschwunden.“

Arne zeigte in Richtung Box 1, ohne den Kopf zu wenden. Sein Blick blieb auf die Ducati fixiert.

„Der hat eben den Transponder zurückgebracht. Er musste überraschend los. Irgendwas Familiäres, glaube ich.“

Axel war schon auf dem Weg zu Box 1, als er Schulz' Transporter langsam Richtung Ausfahrt rollen sah. Axel winkte mit beiden Armen und startete in seinen Rennstiefeln einen unbeholfenen Galopp quer über den Platz. Beinahe wäre Schulz schneller gewesen, aber auf den letzten Metern konnte Axel ihm gerade noch den Weg abschneiden.

„Was issn los, Sören? Wieso haust du ab?“

Axel lehnte schwer atmend am Fahrerfenster des Transporters. Schulz rollte langsam das Fenster herunter. Er sah Axel mit wilden Augen an. Axel hatte lange nicht mehr in solch ein angespanntes, panisches Gesicht geblickt. Er brauchte einen Augenblick, bis ihm klar wurde, dass er solche Augen zuletzt bei einem Junkie gesehen hatte.

„Alter, was ist los? Sprich mit mir!“

Axel war kurz davor, die Tür aufzureißen und Schulz aus dem Auto zu zerren, aber die starren Augen hielten ihn davon ab. Schulz hatte wieder Pillen eingeworfen, soviel war klar.

„Ich muss weg.“

Schulz sah ihn an, als würde das als Erklärung ausreichen.

„Dringend. Verstehst du?"

Axel schüttelte den Kopf.

„Nein, das verstehe ich nicht. Ich mache mir Sorgen um dich, Sören. Ruf mich an, okay? Versprich mir, dass du mich anrufst, ja?"

Schulz gab bereits Gas und ließ den Transporter vorrollen, sodass Axel seine Hand schnell vom Fensterrahmen wegziehen musste.

„Klar doch, ich rufe an. Mach ich, mach ich."

Schulz trat plötzlich heftig auf die Bremse, sodass der Transporter vorne einnickte und die Ladung schepperte.

„Wie war meine beste Zeit?", rief er und drehte dabei den Kopf halb aus dem Fenster.

Axel lachte. Vielleicht musste er sich doch keine Sorgen um Schulz machen.

„1:49 irgendwas. Gar nicht so schlecht."

„Geht so. Er war schneller."

„Wer er? Der Typ mit der weißen Honda? Wer ist das überhaupt?"

Schulz fuhr los und rief dabei etwas durch das offene Fenster, aber Axel konnte kein Wort verstehen. Er winkte dem Transporter hinterher.

Axel kehrte zu seinem Campingstuhl zurück und versenkte sich wieder in die Betrachtung seiner Z. Schulz hatte ihm freundlicherweise die Ständer dagelassen, sodass die Reifenwärmer weiterhin die Reifen auf Betriebstemperatur bringen konnten. Was mochte Schulz zu diesem plötzlichen Aufbruch getrieben haben? Vielleicht hatte er tatsächlich einen Anruf bekommen, vielleicht hatten aber auch nur die vielen Pillen in seinem Kopf für leichte Unordnung gesorgt. Axel erinnerte sich dunkel an Unterrichtsstunden während seiner Ausbildung vor vielen Jahren, als ihm in einem Schnelldurchgang die verschiedenen Drogen und ihre Wirkung eingepaukt wurden. Der Dozent, ein junger Mann mit wirrem Haarschopf, hatte eindringlich über Aufputschmittel-Missbrauch und die Gefahr von Paranoia-Schüben gesprochen und dabei den Eindruck gemacht, als wüsste er, wovon er sprach. Sobald er aus Frankreich zurück war, würde Axel sich um Schulz kümmern. Er ließ wieder Metallica den Soundtrack zu dem Rennstrecken-Szenario einspielen und hüpfte mit schlackerndem Kopfhörerkabel ein wenig zwischen Wohnmobil und der Z hin und her. Als immer mehr Motorengeräusche um ihn herum laut wurden, warf er einen prüfenden Blick auf die Uhr im Cockpit des Wohnmobils. Zeit für den letzten Turn des Tages! Als Axel bei den Streckenposten vorrollte, befreiten die ihn von seinem Transponder. Ein letztes Mal schickte ihn ein Klaps auf der Schulter hinaus auf die Strecke. Als er vor der ersten Kurve auf der Sitzbank zur Seite rutschte, um das Gewicht zum Kurveninneren zu verlagern und sein Knie gierig Richtung Asphalt zu strecken, spürte er den Muskelkater, den die vielen Runden, Kurven, Brems- und Beschleunigungsmanöver in seinem Körper hervorgerufen hatten. Die Strecke vor ihm war frei, weil die langsameren Fahrer hinter ihm zurückblieben und ohnehin nicht die komplette Gruppe bis zum letzten Turn dabeigeblieben war. Axel fuhr entspannt und konzentriert. Wo er am Anfang des Tages hart gebremst hatte, ließ er die Z jetzt weiter rollen, statt mit harten Knicks durch die Kurven zu fahren, nahm er jetzt viel Geschwindigkeit mit und wedelte mit weichen Bögen um die Strecke. Ihm war klar, dass er deutlich schneller unterwegs war, vor allem aber fühlte er sich leicht und frei. An Start und Ziel zeigte ihm die schwarz-weiße Flagge, dass seine letzte Runde begonnen hatte. Er gab noch einmal alles, setzte die Bremspunkte so exakt wie möglich, beschleunigte früh und hielt in jeder Kurve die Linie bei. Nach der langen Linkskurve vor der Schikane stand wieder der Streckenposten auf der Fahrbahn und winkte ihn mit einer roten Flagge von der Strecke. Er richtete sich auf, legte die Hände auf den Tank und rollte ein paar Meter freihändig geradeaus. Herr im Himmel, war das gut!

Vor dem Wohnmobil zerrte er sich die Lederkombi vom Leib. Die Funktionsunterwäsche sonderte einen sehr speziellen Duft aus Schweiß, Angst und Ekstase ab. Er verstaute seine Sachen schwungvoll im Wohnmobil und zurrte die Z auf dem Hänger fest. Der Sommertag ging langsam zu Ende, dunkle Wolken wehten vom Horizont heran. Axel hörte seinen Magen knurren. Er musste ohnehin mit dem Wohnmobil vor der Autobahn zu einer Tankstelle, dort würde er für sich eine gesunde Tüte Chips kaufen. Axel winkte nach links und rechts, als er im Schritttempo das Fahrerlager verließ. Ganz bestimmt würde er hierhin zurückkehren.

Kurz vor der Autobahnauffahrt leuchtete das Lichtspektakel einer großen Tankstelle in der einbrechenden Dunkelheit. Axel fuhr auf die Tankstelle und suchte sich eine Zapfsäule für sein Wohnmobil. Als er zufrieden neben der Tanköffnung stand und dem Gluckern des Diesels zuhörte, sah er den Hondafahrer mit dem großen Kinn und der weißen Lederjacke aus der Tankstelle kommen. Er winkte Axel freundlich zu, stieg in einen roten Ferrari und fuhr mit einem kurzen Hupen an Axel vorbei auf die Schnellstraße. Axel blickte dem Ferrari hinterher. Er hatte gerade die Gelegenheit verpasst, sich von Michael Schumacher ein Autogramm geben zu lassen.

9.

Axel hatte sehr gut geschlafen. Die Rückfahrt nach Köln war zwar ohne Stau über die Bühne gegangen, aber nachdem er abends das Wohnmobil ausgeräumt und die Z vom Hänger geholt hatte, vergingen keine zwanzig Minuten, bis er erschöpft einschlief. Jetzt lag er auf der Matratze und blickte mit schlaftrunkenen Augen auf die Wiese vor der Verandatür. Ein sonniger Septembertag wartete auf ihn. Und ungefähr 700 Kilometer Autobahnfahrt. Es machte zwar nicht besonders viel Spaß, auf der Autobahn viele Stunden auf der Sitzbank abzuhängen und immer nur geradeaus zu fahren. Aber leider herrschte in diesem Universum ein Naturprinzip, nach dem man entweder Zeit oder Geld hatte und nur äußerst selten beides gleichzeitig. Axel hatte also nur eine Woche Urlaub und nicht genug Zeit, eine langsamere Anreise über Landstraßen quer durch Eifel und Elsass zu wählen. Er suchte mit der flachen Hand sein Handy neben dem Bett und kniff die Augen zusammen, um die Uhrzeit ablesen zu können. Es war 7:15 Uhr, eigentlich eine unchristliche Zeit, um am ersten Sonntag des Urlaubs aufzustehen. Aber es gab vor der Abfahrt noch einiges zu tun. Also machte sich Axel schlaftrunken auf den Weg ins Bad und duschte sich wach. Am ganzen Körper spürte er die Anspannung von gestern, das Herumsitzen auf der Z hatte für einen ausgewachsenen Muskelkater gesorgt. Das Wort Motorsport würde für ihn von jetzt an eine andere Bedeutung haben. Nach einem starken Kaffee und einem Rest Schokomüsli mit Wasser – die Milch im Kühlschrank trug das Verfallsdatum des zurückliegenden Monats – widmete er sich der Z. Blinker und Nummernschildhalter waren schnell wieder montiert, die abgeklebten Spiegel und Lampen freigelegt. Er hantierte eine Zeit lang, bis er die Kette gleichmäßig gespannt und geschmiert hatte und füllte auf Verdacht einen großen Blubb Motoröl nach. Die Reifen waren an den Flanken ganz schön in Mitleidenschaft gezogen worden, würden die lange Strecke geradeaus aber gut abkönnen. Aus dem verstaubten Regal suchte er seinen alten Tankrucksack hervor. Der war geflickt und ausgeblichen, steckte für Axel aber voller guter Erinnerungen an Touren und Kurzreisen mit dem Motorrad. Mehr als einen Tankrucksack würde er auf dieser Reise nicht mitnehmen, er wollte mit leichtem Gepäck reisen und sich den Luxus von Hotelübernachtungen gönnen. Nach und nach stopfte er den Haufen mit Reiseutensilien vom Garagenboden in den Tankrucksack, bis der auf maximales Packvolumen ausgefahren war und ziemlich hochragte. Axel schwang sich auf die Z und legte die Hände auf den Lenker. Der Tankrucksack endete kurz vor seiner Brust und würde ein ideales Stützkissen für lange Fahrten abgeben.

Axel öffnete das Garagentor und ließ die milde Sonne herein. Er betrachtete die vollgepackte Z, die jetzt wie ein Tourenmotorrad aussah. Sie war fahrbereit und wollte losfahren. Axel aktivierte den iPod und wählte Metallica als Soundtrack für seine Reisevorbereitungen. Dann machte er eine Runde durch das Haus, verschloss Türen und Fenster, sammelte seine Brieftasche mit der Kreditkarte und Straßenkarten ein, holte das Ladegerät des Handys aus der Steckdose und fand im Schlafzimmer das zweite, frisch duftende Set Funktionsunterwäsche. Mit dem iPod im Ohr musste er einige akrobatische Verrenkungen ausführen, um in die Unterwäsche und die Lederkombi schlüpfen zu können. Er war fast fertig damit, als er vor dem Fenster zur Straße eine Kölner Kleinfamilie auf dem Weg zur Frühmesse wahrnahm, die auf dem Bürgersteig stand und ihn anstarrte. Ihm wurde plötzlich klar, dass er seit einiger Zeit laut und ganz bestimmt unmelodisch mitgesungen hatte. Axel sang weiter und winkte der Familie zu. Erschreckt drehte die sich um und zog weiter.

Schließlich stand die Z vor der Garage und lief sich schon mal warm. Axels Nachbarin kam mit Trippelschritten zu ihm herüber, als sie ihn dort stehen sah. Die alte Dame hatte ihn seit der Trennung von Renate unter die Fittiche genommen und zeigte freundliches Interesse an seinem Wohlbefinden. Axel hatte anfänglichen Widerstand gegen die nachbarschaftliche Kontrolle aufgegeben und freute sich mittlerweile über ihre Anteilnahme.

„Hallo Herr Schröder, gehen Sie auf große Reise?"

Die Frau stand in schweren Wanderschuhen an den kleinen Füßen vor ihm und begutachtete die Z. Axel wusste bereits, dass sie früher mit ihrem verstorbenen Mann als Sozia unterwegs gewesen war.

„Ist in dem Tankrucksack etwa auch das Zelt untergebracht?"

„Nein, Frau Nachbarin, das Zelt lasse ich zuhause. Ich mache einen auf Krösus und gehe ganz feist ins Hotel. So ist die Jugend von heute."

Sie fixierte ihn missbilligend.

„Genau das wollte ich gerade sagen. Wo es doch so schöne Campingplätze gibt. Mit meinem Mann ..."

Glücklicherweise stoppte sie sich selbständig, bevor sie eine epische Erzählung startete. Mit Verwunderung betrachtete Axel ihre schweren Wanderschuhe, die sie aus irgendeinem Grund trug. Der Kommissar in ihm erwachte sofort.

„Junge Frau, warum diese schweren Schuhe? Als Hausschuhe sehen die ziemlich unbequem aus."

Sie stemmte die Hände in die Hüften.

„Denken Sie wirklich, ich sei so senil, dass ich ohne Grund mit Wanderschuhen an den Füßen durch die Wohnung laufe? Nächste Woche geht es in aller Herrgottsfrühe mit dem Eifelverein zu einem Ausflug nach Bitburg. Ich muss die Schuhe vorher einlaufen, sonst habe ich ganz schnell schlimme Blasen und muss mich tragen lassen. Und die anwesenden Herren sind alle um die achtzig Jahre alt, die kriegen das mit dem Tragen nicht mehr richtig hin. Na, dann fahren Sie schon los. Ich merke doch, Sie haben es eilig. So ist die Jugend von heute."

Axel machte sich dankbar auf den Weg. Eine Viertelstunde später rollte er mit entspannten 130 Stundenkilometern Richtung Süden. Ein Spannriemen des Tankrucksacks flatterte und machte dabei ein nervendes Geräusch, den würde er beim nächsten Stopp nachziehen müssen. Ansonsten lief alles ganz wunderbar: Die Autobahn war leer, die Z in bester Reiselaune, Axel hatte sich in einen Zustand meditativer Ruhe versetzt und über all dem schien eine freundliche Septembersonne. Zwischendurch schoss ihm wieder Schulz durch den Kopf. Sein überstürzter Aufbruch hatte den Eindruck verstärkt, dass er psychisch am Limit war und Unterstützung brauchte. Es würde ein schwieriger Balanceakt werden, seinen Zustand unter Kollegen anzusprechen, ohne Schulz dabei bloßzustellen und anzuschwärzen. Auch die Augen des toten Motorradfahrers vom Wallrafplatz blitzten in seiner Erinnerung auf. Ein toter Mensch wühlte Axel selbst nach vielen Jahren in der Mordkommission immer noch auf und eigentlich war er froh darüber, noch nicht vollkommen abgestumpft zu sein. Er hoffte sehr, dass Kollege Dünne mit seinen Ermittlungen vorankam. Eine Schießerei mit Todesfolge war für Köln ein ungewöhnlicher Vorfall und so sollte es auch bleiben.

Bis kurz nach Frankfurt zögerte Axel den ersten Stopp heraus, dann tankte er, spannte den Gurt fest und trank einen Kaffee an einem Stehtisch vor der Tankstelle. Sein Muskelkater und das lange Sitzen hatten ihn steif gemacht, aber die Sonne wärmte und lockerte ihn. Es war immer noch Vormittag und er war zuversichtlich, am Nachmittag mit Blick auf den Genfer See ein Eis essen zu können. Die positive Grundstimmung machte die Stunden erträglicher, in denen er nach dem Aufbruch das immer gleiche graue Band der Autobahn vor sich sah. Ausfahrten rund um Straßburg und Freiburg lockten ihn mit Namen, die nach kurvenreichen Strecken durch Wälder und über Anhöhen klangen, aber er hatte ein anderes Ziel. Auf mehreren Michelin-Regionalkarten war er während der Planung der Tour mit einem neongelben Marker über die wildesten Pässe gefahren und hatte dabei eine Kombination aus möglichst vielen Kurven und Höhenstraßen zwischen Montreux und Nizza gesucht. Er widerstand also den Versuchungen des Elsass und Schwarzwalds und folgte weiter der Autobahn. Wie immer setzte mit dem Grenzübertritt in die Schweiz mit aller Macht das Urlaubsgefühl ein, auch wenn der Übergang unspektakulär blieb. Nun war er im Ausland und das sorgte für ein angenehmes Prickeln! In Montreux musste er die Reste seines verschütteten Schulfranzösisch hervorkramen, um zu der Pension zu finden, die er sich im Internet ausgesucht hatte. Er füllte bei einem beleibten Franzosen, den er offensichtlich aus einem Nachmittagsschläfchen geweckt hatte, ein umständliches Anmeldeformular aus, während sich im Hintergrund ein Dutzend Wellensittiche in einer großen Voliere lautstark unterhielten. Axel warf schnell seinen Tankrucksack auf das viel zu weiche Bett, wechselte von der Lederkombi in sein einziges Set an Straßenklamotten und machte sich auf den Weg zum See. Und so saß er tatsächlich im schwächer werdenden Licht am Seeufer und sah Schwänen zu, während er einen gigantischen Eisbecher verzehrte. Nicht viel später wechselte er die Straßenseite, ging in eine Pizzeria und schob eine große Pizza hinterher. Die dazu angemessene Menge Rotwein sorgte dafür, dass er später zufrieden auf seinem Bett lag, durch das offene Fenster den Mondaufgang beobachtete und in Klamotten, die Schuhe noch an den Füßen, erschöpft einschlief.

Am nächsten Morgen weckte ihn das Geschrei der Wellensittiche und gedämpftes Gemurmel aus dem Frühstücksraum. Axel, ansonsten überzeugter Nicht-Frühstücker, verschlang mehrere Croissants, eine Portion Rührei und mindestens einen halben Liter Milchkaffee. Er ließ sich in aller Ruhe durch die Stadt treiben und nahm eine Schnellstraße nach Süden, bis wenige Kilometer weiter die kleine Landstraße abbog, die er sich in Köln als Einstieg in die Kurvenwelt ausgesucht hatte. Er hielt an, faltete die Regionalkarte so, dass sie ihm den richtigen Ausschnitt für die nächste Stunde Fahrzeit präsentierte, und schob sie in das Klarsichtfenster des Tankrucksacks. Ein Gewirr von kleinen und kleinsten Straßen der Kategorie D war neongelb markiert und die Namen der verschiedenen Pässe auf dem Weg wechselten in schneller Folge. Axel blickte auf die erste scharfe Kurve, die direkt vor ihm bergauf ging. Eigentlich begann seine Reise erst jetzt richtig. Er klappte das Visier herunter, startete die Z und legte den ersten Gang ein. Bonne Route, Monsieur! Axel gab Gas.

Linksrum, rechtsrum, steil bergauf und unübersichtlich wieder bergab. Die Rennstrecke in Assen hatte ihn zwar sehr gut auf Kurven eingestimmt, aber das Fahren auf diesen öffentlichen Straßen war ein ganz anderes Ding. Meist konnte er nicht sehen, wie eine Kurve im letzten Drittel weiterging und musste deshalb blitzschnell seine Linie korrigieren. Er rechnete sicherheitshalber ständig mit Gegenverkehr, um auf Begegnungen wie die mit einem Transporter voller ängstlich muhender Kühe gewappnet zu sein, der sich plötzlich genau am Scheitelpunkt einer Kurve aus dem Nichts materialisierte. Und anders als in Assen musste er hier auch die Unebenheiten der Fahrbahn mit einkalkulieren, die das Fahrwerk der Z gerne mal ins Schaukeln brachten. All das machte natürlich in Wahrheit großen Spaß. Außerdem gab es viel zu sehen und zu riechen. Die Berglandschaft war wild und rau, mit jeder Kurve veränderte sich der Ausblick. Nach einer Weile führten ihn die kleinen Straßen wieder hinunter in ein Tal, wo er eine breite Route Nationale überqueren musste, um wieder in das Kurvengewirr einzusteigen.

Am Col de Cou machte er eine kurze Pause, verfuhr sich anschließend ein wenig auf der Suche nach dem Col de la Ramaz und stieß anschließend bei dem Ort Cluses wieder auf die Zivilisation. Er war nicht viel länger als zwei Stunden in den Höhen unterwegs gewesen, aber die Ampeln und die vielen Schnellstraßen des Städtchens erschienen ihm bereits chaotisch und nervend. Weiter ging es Richtung Col de la Colombiere und Col des Aravis. Mittlerweile flackerte die Tankanzeige und wies ihn darauf hin, dass er nur noch eine Reserve an Benzin zur Verfügung hatte. An der nächsten Tankstelle füllte er den Tank randvoll und kaufte sich ein Käse-Schinken-Baguette. Mit einem schwarzen Kaffee dazu hockte er auf einem Stapel Feuerholz vor der Tankstelle und aß mit großem Appetit. Selbst so ein dämliches Käsebrot schmeckte in Frankreich gleich ganz anders. Axel war überrascht, dass der Mittag bereits überschritten war. Am Abend würde er seine Tagesetappe kontrollieren müssen, denn vielleicht war er bei der Planung der Tour mit dem Finger auf der Landkarte zu optimistisch gewesen und konnte die geplante Strecke nicht in der kurzen Zeit schaffen. Aber Bourg St. Maurice, sein Ziel für diesen Tag, sollte er ohne Probleme erreichen.

Bei dem letzten Schluck Kaffee beobachtete er, wie eine schwarze CB 1000 R an der Tankstelle vorfuhr und eine schmale Person tankte. Als sie den Helm abnahm, tauchten darunter die kurzen braunen Haare einer jungen Frau auf. Auf dem Weg in die Tankstelle kreuzte sie seinen Weg und lachte ihm zu. Er suchte in seinem Gedächtnis nach einer französischen Begrüßungsfloskel, verwirrte sich aber selbst mit türkischen Brocken und hob lieber den Daumen in die Höhe. Die Französin lachte wieder und sagte im Weitergehen etwas Unverständliches auf Französisch. Axel nickte wortlos und folgte ihr, um seine Kaffeetasse zurückzubringen. Beim Verlassen der Tankstelle stießen sie an der Tür beinahe zusammen. Axel hielt ihr die Tür auf und machte eine galante Handbewegung, die D'Artagnan, den jüngsten der Musketiere, vor Neid hätte erblassen lassen. Gackernd ging sie vor ihm her zu ihrer Honda. An der Ausfahrt der Tankstelle fuhr sie als Erste los und bog nach links ab. Das war auch Axels Fahrtrichtung, also folgte er ihr mit etwas Abstand. Der kleine Ort war schnell durchfahren und sie kamen an die Kreuzung zwischen der Route National und der kleinen Straße, die Axel sich als Route in Richtung Bourg St. Maurice ausgesucht hatte. Die schwarze Honda bog auf die kleine Straße ab und zog direkt hinter dem Ortsausgang davon. Axel musste einen Gang herunterschalten und heftig am Gas drehen, um die Honda drei Kurven später wieder im Blick zu haben. Die Frau fuhr sehr schnell. So kompromisslos, wie sie die Kurven schnitt und früh wieder Gas gab, musste sie die Strecke gut kennen. Zumindest hoffte Axel, dies sei die Erklärung dafür, dass er kaum mithalten konnte. Die Strecke war der Höhepunkt des Tages, zog sich in engen Links-Rechts-Kurven bergauf, am Col des Aravis vorbei, hinunter durch eine Ortschaft und dann wieder bis auf 1600 Meter in die Höhe. Die Honda und die Z schienen miteinander zu spielen, jagten sich, bis sie einander fast berührten, um dann wieder durch eine Kurve getrennt zu sein, sodass Axel die Honda voraushörte, aber nicht mehr sah. Axel erlebte einen dieser seltenen Augenblicke im Leben, in denen er glücklich war und es auch bemerkte. Er war eins mit der Z und der Landschaft und wollte bis zum Jüngsten Tag weiter durch die Kurven wedeln. Schließlich tauchte rechts im Tal ein See auf, ein „Schöne Aussicht“-Schild kündigte einen Parkplatz an und natürlich bog die Honda von der Straße ab, um an einer niedrigen Steinbrüstung mit Blick auf den See zu stoppen. Axel folgte ihr automatisch. Als er die Z abgestellt und den Helm ausgezogen hatte, stand die Frau schon an der Steinbrüstung und genoss die Aussicht. Sie sprach ihn auf Französisch an, Axel grinste verlegen und zuckte mit den Schultern.

„Do you speak english?", versuchte er sein Glück, erntete aber nur ein Kopfschütteln.

„Beau, beaucoup beau!", setzte er nach, aber glücklicherweise merkte die Frau an seinem schauderhaften Französisch, dass er nur bluffte, und versuchte nicht, sich auf Französisch mit ihm zu unterhalten. Sie lachten sich beide an, Axel zeigte auf den See und hob dann wieder den Daumen. Sie nickte gelassen und hob ebenfalls den Daumen. So genossen sie beide für eine Weile schweigend die Aussicht. Axel fand die Situation sehr angenehm. Er hatte vor mehr als 25 Jahren das Rauchen eingestellt, aber jetzt hätte er gerne eine Zigarette geraucht. Er ging um die CB 1000 R herum. Das Motorrad stand auf seinem imaginären Wunschzettel ziemlich weit oben, für das nächste Frühjahr hatte er sich fest vorgenommen, eine Probefahrt zu machen. Er deutete auf die Honda.

„Toi change motorcycle? Für Probefahrt? Until Bourg St. Maurice? Okay, bon?"

Sie überschüttete ihn mit einem Wortschwall, den er nicht verstand, aber anschließend ging sie zur Z und setzte sich in den Sattel. Sie prüfte die Sitzposition, ließ die Z einmal heftig ein- und wieder ausfedern und nickte dann. Beide zogen die Helme und Handschuhe wieder an und starteten die fremden Motorräder. Wieder machte Axel eine elegante Handbewegung, um ihr den Vortritt zu lassen, aber sie wedelte verneinend mit dem Zeigefinger und schickte ihn voraus. Axel ging es vorsichtig an, die Honda machte es ihm aber leicht, sich an sie zu gewöhnen und so fand er sich schnell mit heftiger Schräglage in den Kurven wieder. Hinter sich hörte er die Z, deren aggressives Motorgeräusch er noch nie aus dieser Position hatte wahrnehmen können. Viel zu schnell riss das Kurvengewirr ab und es folgte eine lange Abfahrt. Auf dem Weg ins Tal gaben erste Kurven den Blick auf das Ziel seiner Tagesetappe frei. In Bourg würde er sich ein gutes französisches Abendessen gönnen. Vielleicht lebte die Testfahrerin auch in der Stadt und würde ihn begleiten. Er nahm sich vor, sie dies beim Tausch der Motorräder zu fragen. Das Ortsschild von Bourg St. Maurice war gerade an ihnen vorbeigerauscht, als sie ihn mit der Z überholte und den Blinker nach rechts setzte. Sie bremste, bis die Z fast Schritttempo fuhr, prüfte im Rückspiegel, ob er nicht zu dicht auffuhr, und bog dann rechts ab in die Auffahrt zu einem alten Haus. Auf einem breiten Kiesweg rollten beide bis zum Hauseingang und stellten dort die Motorräder ab. Sie kam mit dem Schlüssel der Z in der Hand auf ihn zu, reichte ihm den Schlüssel und sagte wieder etwas auf Französisch.

Axel meinte das Wort „Tee" zu erkennen und fragte „Tee trinken?", während er so tat, als würde er mit abgespreizten Fingern aus einer sehr kleinen Tasse trinken. Sie lachte schallend und nickte. Dann reichte sie ihm die Hand und sprach wieder Französisch mit ihm. Diesmal erkannte er das Wort „Annabelle" und antwortete mit einem schwungvollen „Ich bin Axel", während er ihre Hand schüttelte und dann den Schlüssel der Honda übergab. Sie nahm ihren Helm von der Rückbank der Z, öffnete die Haustür und bat ihn herein. Die Eingangshalle öffnete sich zu einem großen Wohnzimmer mit Kamin, vielen Bücherregalen und einer Bar. In der Mitte des Raumes führte eine breite Treppe in den ersten Stock. Annabelle verschwand in einer kleinen Küche und sprach durch die offene Tür weiter Französisch mit ihm, während sie einen Tee zubereitete. Bald kam sie mit einem Tablett zurück und servierte einen schwarzen Tee. Mit einem Lächeln zeigte sie ihm die kleinen, feinen Teetassen, die sie dazu mitgebracht hatte. Axel wartete, bis der Tee eingeschenkt war, nahm dann seine Tasse mit abgespreizten Fingern und trank, wie er es draußen vor der Tür vorgemacht hatte. Beide amüsierten sich köstlich.

„Und, the Z is good?“, fragte er mit meterbreitem deutschen Akzent. Sie sah ihn stirnrunzelnd an, verstand dann doch seine Aussprache des Buchstabens Z und nickte heftig, während sie wieder einen französischen Wortschwall über ihm ausschüttete. Axel hatte Spaß. Auf dem bequemen Sofa sitzend, spürte er noch die Vibrationen und Fliehkräfte aus den vielen hundert Kurven der zurückliegenden Kilometer. Viel besser hätte der zweite Tag seiner Tour nicht ablaufen können. Er wünschte nur, er hätte im Französisch-Unterricht besser aufgepasst. Dann könnte er möglicherweise verstehen, was Annabelle ihm gerade gesagt hatte. Sie stand auf und wies ihn mit beiden Händen an, sitzen zu bleiben. Auf der Treppe nach oben hielt sie sich eine Hand mit nach unten gestreckten Fingern über den Kopf und Axel erkannte nach einem Augenblick der totalen Verwirrung das internationale Handzeichen für Duschen. Er hob wieder den Daumen und prostete ihr mit der Teetasse zu. Dann verschwand Annabelle über die Treppe in den ersten Stock. Axel lehnte sich zurück und genoss den Ausblick in den Garten. Apfelbäume standen dicht gedrängt im schwindenden Tageslicht, zwischen ihnen sah er im Tal die Häuser von Bourg. Annabelle würde ihm bestimmt eine Pension und ein Restaurant empfehlen können. Er streckte die Beine aus und prüfte, wie weit sich sein Muskelkater ausgebreitet hatte. Eine heiße Dusche würde bestimmt weiterhelfen. Ganz langsam kroch Müdigkeit über ihn hinweg und er schloss für einen Moment die Augen. Breite und weite, schnelle und langsame Kurven legten sich übereinander und nahmen ihn mit in einen leichten Schlaf. Als er wieder zu sich kam, war er aufgesprungen und hatte die rechte Hand unter der Achsel, wo normalerweise seine Dienstwaffe hing. Ein Schuss war gefallen! Innerhalb eines Sekundenbruchteils war

Axel hellwach. Der Raum war dunkler geworden und lag absolut still vor ihm. Er ging bis zum Fuß der Treppe, setzte einen Fuß auf die erste Stufe, zögerte aber dann. Hatte er wirklich einen Schuss gehört? Oder nur irgendeinen Knall? Oder hatte er das Geräusch, was immer es gewesen war, nur geträumt? Er blickte die Treppe hoch und lauschte in den ersten Stock. Gedämpft hörte er das Geräusch laufenden Wassers.

„Annabelle?"

Axel rief die Treppe hoch und lauschte. Es kam keine Antwort. Er rief noch einmal, diesmal so laut er konnte.

„Annabelle? Everything beau?"

Sein Gebrüll musste man oben hören können, es war garantiert lauter als die Duschgeräusche, aber bis auf das konstante Plätschern des Wasser hörte Axel aus dem ersten Stock keinen Laut. Er zögerte immer noch, den Fuß auf der Treppe. Was war dort oben vorgefallen? Er war ein Polizist im Urlaub, aber er fürchtete sich davor, die Treppe in die Dunkelheit des ersten Stocks hinaufzugehen.

„Annabelle!"

Diesmal schrie er so laut, dass seine Stimme überkippte. Eine unerklärliche Panik hielt ihn am Fuß der Treppe fest. Noch einmal konzentrierte er all seine Sinne auf die Stille des Hauses. Um so mehr erschreckte ihn das Klingeln seines Handys, das plötzlich in der Brusttasche seiner Kombi pulsierte. Mit zitternden Fingern suchte er den Reißverschluss der Tasche, zog das Handy heraus und drückte blind auf die Tastatur. Die Stimme von Hauptkommissar Behrendt war ruhig und ganz nah, als würde er neben ihm stehen.

„Schröder? Ich rufe wirklich ungerne an. Aber ich nehme an, Sie wären nicht damit einverstanden, wenn ich Sie nicht informieren würde. Kollege Schulz ist verschwunden. Da wir erhebliche Verdachtsmomente gegen ihn haben, nehmen wir an, dass er untergetaucht ist. Es sieht so aus, als hätte er bei der aktuellen verdeckten Ermittlung doppeltes Spiel gespielt und jetzt die Seite gewechselt. Das SEK hat ihn fallen lassen. Die ganze Presse ist voll mit der Geschichte. Ich sehe hier so etwas wie eine Vorverurteilung auf Schulz zukommen. Wenn er einen Freund braucht, dann jetzt. Kommen Sie zurück?"

Axel stand in der Dunkelheit des großen Raumes und horchte nach oben. Immer noch lief dort das Wasser. Er sah das begeisterte Gesicht von Schulz vor sich, wie der ihm in Assen eine Kurventechnik erläuterte.

„Natürlich, Hauptkommissar. Schulz ist mein Kumpel. Ich mache mich auf den Weg."

„Wo sind sie jetzt, Schröder? Können Sie ein Flugzeug nehmen. Wann werden Sie hier sein?"

Axel erinnerte sich an den Ausschnitt seiner Michelin-Regionalkarte. Der nächste größere Flughafen war viele Stunden entfernt, falls an diesem Abend überhaupt noch ein Flug gehen würde. Axel streckte sich und spürte seinen Muskelkater.

„Ich komme mit dem Motorrad. In 12 Stunden sollte ich bei Ihnen sein. Schicken Sie mir eine SMS, falls sich etwas Neues ergibt, die kann ich unterwegs beim Tanken lesen."

Axel legte auf und schob sein Handy zurück in die Tasche. Er horchte ein letztes Mal die Treppe hoch. Das Rätsel des Schusses im ersten Stock würde er nicht lösen. Auf der Teetasse ließ er seine Visitenkarte der Kripo Köln zurück. Als er die Vordertür zuzog, lag das große Wohnzimmer in vollkommener Dunkelheit.

Acht Stunden später fühlte sich Axel klinisch tot. Er hatte sich auf dem direkten Weg über Nationalstraßen zur Autobahn gekämpft, sich auf dem Tankrucksack so flach wie möglich gemacht und Vollgas gegeben. Er wusste nicht mehr, wie oft er in der Zwischenzeit getankt hatte, aber an den Blicken der Belegschaft hinter den Tankstellen-Kassen konnte er ablesen, dass er zunehmend beunruhigend aussah. Er saß jetzt seit 20 Stunden auf seiner Z und hatte sich an einen leichten Dauerschmerz im ganzen Körper gewöhnt. Erstaunlicherweise fühlte er sich nicht schläfrig, sondern im Gegenteil unnatürlich unruhig. In den zurückliegenden Stunden hatte er die wenigen Informationen, die Behrendt ihm gegeben hatte, unzählige Male in seinem Kopf hin- und hergewälzt. Wenn sich das SEK in der Öffentlichkeit nicht schützend vor Schulz stellte, musste der Fall ziemlich eindeutig sein. Aber Behrendt würde ihn nicht zurückbeordern, wenn er nicht Zweifel hätte und daran glaubte, dass Axels Ermittlungen ein anderes Licht auf den Fall werfen könnten. Axel spielte mit dem Gedanken, Behrendt zu Hause aus dem Bett zu klingeln und sich die Sachlage genauer erklären zu lassen, aber dann verwarf er die Idee wieder. Die Autobahn lag leer und verwaist vor ihm, als würde das Endspiel einer Fußball-Weltmeisterschaft an einem autofreien Sonntag während der Ölkrise stattfinden. Es waren einige Wiederholungen der Hinweisschilder notwendig, bis er realisierte, dass er sich dem Frankfurter Kreuz näherte. Er war also quasi zuhause. Über weitere 200 Kilometer Autobahnfahrt konnte ein stahlharter Biker wie er nur lächeln. Zugegeben, müde lächeln. Axel rückte ein wenig nach hinten und stütze sich auf den Tankrucksack. „That was just your life" startete in seinem Kopf, als hätte er ein Radio eingeschaltet. Axel sang leise vor sich hin, während die Fahrbahn unter ihm wegwischte.

Als die Kantine im Polizeipräsidium aufmachte, lehnte Axel mit dem Kopf an der Scheibe vor der Kasse. Die Z stand seit ein paar Minuten auf einem exklusiven Parkplatz direkt vor dem Eingang des Präsidiums, wo die Frühschicht der Wache Helm und

Tankrucksack im Auge behalten konnte. Die kölsche Dame im gestärkten weißen Kittel drückte die Klapptür an der Kasse beiseite, sah ihn an und griff wortlos hinter sich nach einem Kännchen Kaffee. Sie schob es ihm zusammen mit der Milch und dem Zucker über den Tresen und schüttelte dabei den Kopf.

„Ach du lieber Gott, wie sehen Sie denn aus? Warum könnt ihr jungen Leute nicht mal schlafen wie andere auch? Und was soll das, im Lederanzug aufzutauchen? Sind wir hier beim ADAC, oder was?"

Axel winkte ab und schwankte mit seinem Kännchen Kaffee zu einem Tisch. Solange er in Bewegung blieb, hielt sich in seinem geschundenen Körper eine gewisse Euphorie, die ihn nicht müde werden ließ. Er probierte den Kaffee. Der war frisch, heiß und stark und sollte ihn über die nächsten Stunden retten. Hinter ihm näherten sich quietschende Schritte. Axel war mittlerweile lange genug in seiner Motorradkleidung unterwegs, um wegen des Geräuschs auf Motorradstiefel zu tippen. Also war er nur wenig erstaunt, als es neben ihm Grün wurde. Die froschgrüne Kombi seines Kollegen Paul von der Motorradstaffel füllte den Platz neben ihm.

„Mensch, Axel, gefällt dir unsere Kantine so viel besser als das schöne Südfrankreich? Oder was hat deine Urlaubspläne durcheinandergebracht?"

„Morgen, Paul. Nichts gegen diese Kantine, aber ohne besondere Umstände wäre ich jetzt gerade auf dem Weg in die französischen Seealpen. Stattdessen bin ich die ganze Nacht durchgefahren, um hier einen Kaffee zu trinken."

Axel und Paul hatten bei einem früheren Ermittlungsfall in der Motorrad-Szene zusammengearbeitet und sich dabei angefreundet. Dies und ihre Verbundenheit als Motorradfahrer sorgten für genug Vertrauen, um Axel mit der Tür ins Haus fallen zu lassen.

„Hast du vom Kollegen Schulz vom SEK gehört? Ich habe keine Ahnung, was da in den letzten 48 Stunden vorgefallen ist. Kannst du mir das kurz berichten?"

Paul blickte über die Schulter in die leere Kantine und rückte dann trotzdem näher heran.

„Sehr merkwürdige Geschichte. Seit gestern Nachmittag betreibt die Pressestelle hier im Haus die öffentliche Hinrichtung des Kollegen Schulz. Statt sich wie üblich so bedeckt wie möglich zu halten, verteilen die Pressemitteilungen wie Tombola-Lose. Quasi jeder Radio- und Fernsehsender hat gestern schon berichtet, dass gegen Schulz ermittelt wird und er untergetaucht ist. Um was es dabei geht, weiß aber niemand. Heute sind die Zeitungen voll davon. Schulz wird fallen gelassen wie eine superheiße Kartoffel. Entweder ist dessen Schuld über jeden Zweifel erhaben und man muss so schnell wie möglich einen Image-Schaden von der Kölner Polizei abwenden. Oder die Sache ist in Wahrheit gar nicht so klar und man opfert einen Bauern, damit ein König weiter ungestört sein Spiel spielen kann."

Axel runzelte die Stirn. So viel große Politik im kleinen Kölner Polizeipräsidium?

„Und du hast keine Ahnung, was ihm überhaupt zur Last gelegt wird?"

„Dass Schulz ziemlich durchgeknallt ist, hat ja wohl jeder mitbekommen. Fällt mir nicht schwer zu glauben, dass er die Grenzen zwischen seiner Ermittlerrolle und dem wirklichen Leben nicht mehr ziehen konnte. Geld braucht der auch wie andere Leute Atemluft. Allein schon für seinen Motorrad-Fuhrpark …"

Axel hatte keine Ahnung, wie viele und welche Motorräder Schulz außer der Rennstrecken-Ninja noch in der Garage stehen hatte. Das würde er garantiert im Laufe des Tages herausbekommen.

„Aber bei welchem Deal er nun konkret beteiligt ist, weiß niemand. Da machen seine Kollegen total dicht. Muss aber wirklich hoch angesiedelt sein, angeblich war gestern der Staatsschutz im Haus. Und das ist zuletzt vorgekommen, als Clinton auf dem Donysos-Mosaik im Römisch-Germanischen-Museum zu Mittag essen wollte."

Axel machte große Augen.

„Der BND war hier? Da verlässt man einmal für zwölf Stunden die Stadt und sofort geht alles drunter und drüber. Nebenbei haben wir auch noch einen kleinen Mord in Sichtweite des Doms. Eine Schießerei unter Motorradfahrern! Die Welt wird immer verrückter."

„Das stimmt. Früher hat man sich einen gelben Schal an den Lenker gehängt, wenn man ein Panne hatte, und die freundlichen Biker-Kollegen haben angehalten und geholfen. Heute sehen die den Schal, halten an und rauben dich aus, weil du nicht mehr fliehen kannst."

Axel und Paul lachten dröhnend. Zumindest in der Welt der Motorradfahrer ging es so schlimm doch noch nicht zu.

„Du weißt, dass wir nach einer schwarzen KTM und einem Fahrer in schwarzen Klamotten suchen? Es gibt ein Video vom Tathergang und darauf ist beides zu erkennen."

„Axel, wie lange arbeitest du schon in dem Klüngelhaus hier? Ihr hattet den Technikraum gerade verlassen, da war die Beschreibung schon bei uns Kollegen von der Motorradstaffel angekommen. Wir haben doch sozusagen ein ureigenes Interesse daran, den Fahrer zu finden. Bevor der so weitermacht. Außerdem wird dieses Video seit gestern auf allen Fernsehkanälen gezeigt. Das Video ist Tagessieger bei YouTube. Wenn du mich fragst, ist auch die Veröffentlichung des Videos mehr als ungewöhnlich."

Axel nickte. Die Polizeibehörde vermied es ansonsten, Gewaltvideos dieser Art der Öffentlichkeit zugänglich zu machen.

„Du hast recht, das ist ein erstaunliches Vorgehen. Normalerweise würde die Beschreibung der Fahrer und Motorräder ausreichen, um einen Zeugen zu finden, der um diese Tageszeit in der Nähe des Parkhauses unterwegs war."

Axels Handy schrillte in seiner Brusttasche. Während er es hervorzerrte, verabschiedete sich Paul.

„Ich muss los, Axel. Unter Freunden: Du siehst beschissen aus. Solltest mal ein wenig gesünder leben."

Axel winkte Paul wortlos hinterher und nahm das Gespräch entgegen.

„Hallo Schröder, hier Behrendt. Wo erreiche ich Sie? Wann können Sie bei mir sein?"

„Hallo Hauptkommissar. Wenn ich unterwegs keinen Schwächeanfall kriege, bin ich in drei Minuten bei Ihnen."

10.

Axel kämpfte damit, die Augen offen zu halten. Der Sessel in Behrendts Büro war weicher als der in der Kantine, der Kaffee dünner und außerdem berichtete Behrendt nicht detaillierter als Paul, brauchte dafür aber doppelt so viel Zeit. Schulz war seit Samstagabend verschwunden, hatte eine Vorladung von seinem direkten Vorgesetzten Volkmann ignoriert und sein Handy abgeschaltet. Volkmann verriet keine näheren Umstände, hatte es aber zugelassen, dass in der Presse von „weitreichenden Verfehlungen" und „erheblichem Sicherheitsrisiko" die Rede war.

„Was wollen Sie jetzt tun, Schröder?", fragte Behrendt, den Kopf mit beiden Händen abgestützt, über seinen Schreibtisch aus Edelholzfurnier hinweg.

„Ich werde ermitteln und versuchen, Schulz entlasten zu

können. Also Routinearbeit, das private Umfeld checken, Hinweisen nachgehen. Das berufliche Umfeld checken. Was in diesem Falle besonders schwer sein wird."

Behrendt schaute verzweifelt, entschloss sich aber dann doch, gequält zu lächeln.

„Das Wichtigste ist ohnehin, dass Schulz Ihnen vertraut und sich an Sie wenden kann. Sein Handy hat er abgeschaltet, der weiß ja, dass wir ihn sonst orten könnten. Ich werde dafür sorgen, dass möglichst viele Kollegen von Ihrer Rückkehr erfahren. Kollege Dünne habe ich bereits informiert, der Fall gehört wieder Ihnen. Vielleicht spricht sich das ja bis zu Schulz durch und er meldet sich bei Ihnen. Wenn er weiterhin untergetaucht bleibt, macht er alles nur noch schlimmer. Werden Sie in dieser Montur bleiben?"

Axel sah an sich herunter. Er hatte vollkommen vergessen, dass er immer noch in der Lederkombi unterwegs war. Die war eine zweite Haut geworden und würde es zunächst einmal auch bleiben.

„Keine Zeit, nach Hause zu fahren. Warum, stört Sie die Lederkombi?"

„Keineswegs, Schröder. Habe ich schon einmal erzählt, dass ich früher auch Motorrad gefahren bin?"

Axel sah Behrendt mit großen Augen an.

„Nun ja, bei der Bundeswehr war ich Kradmelder, bin unentwegt mit der Maico durch die Gegend gefahren. Ist lange her. Jedenfalls frage ich mich, wie Sie an ihr Handy gehen wollen, wenn Sie mit dem Motorrad unterwegs sind. Wollen Sie sowas hier haben?"

Er reichte Axel ein kleines Headset.

„Passt das an Ihr Handy? Fein. Mit diesem Knopf können Sie ein Gespräch annehmen und auflegen und hier sprechen Sie rein. Lassen Sie das aber keinen Polizisten sehen, telefonieren ist während der Fahrt verboten. Halten Sie mich bitte auf dem Laufenden."

Axel ließ die Kabel des Headsets aus der Brusttasche hängen und stand mühsam auf. Er fühlte sich, als würde er ein schweres Gewicht auf dem Rücken tragen. Auch seine Denkfähigkeit war deutlich reduziert und verlangsamt. Er konnte sich nicht an den Namen der Straße erinnern, in der Schulz wohnte, aber er war dort einmal zu einem Geburtstag eingeladen gewesen und würde wieder hinfinden.

„Durchsuchungsbefehl", sagte er abwesend zu Behrendt.

„Ja bitte, Kollege Schröder? Was möchten Sie mir sagen?"

Axel riss sich zusammen und bemühte sich um eine feste Stimme.

„Ich gehe in die Wohnung von Schulz. Ohne Durchsuchungsbefehl. Nur zu Ihrer Information."

Behrendt sah ihn mit einem Pokerface an.

„Ich weiß von nichts. Und jetzt gehen Sie schon!"

Axel schlurfte zu seinem Motorrad. Er schob die flachen Kopfhörer des Headsets in die Ohren und zog den Helm an. Das drückte ein wenig, würde aber in Ordnung gehen. Die Septembersonne stand in einem wolkenlosen Himmel und quälte seine Augen, als hätte er einen heftigen Kater. Aus dem Tankrucksack suchte er die Sonnenbrille hervor und setzte sie auf. Schon besser. Die Müdigkeit machte ihn langsam und weich und genau so fuhr er jetzt Motorrad. Ein Taxi hupte wütend hinter ihm, als er vor einer gelben Ampel anhielt. Axel hob bloß langsam die Hand und winkte nach hinten. Im Rentnertempo schlich er sich nach Marienburg bis zu der Doppelhaushälfte, die Schulz bewohnte. Axel wusste nicht, ob Schulz dort ursprünglich mit einer Frau oder sogar mit Kindern eingezogen war. Seit sie sich kannten, wohnte Schulz alleine in dem Bau aus den siebziger Jahren. Aber immerhin hatte der Bildschirmschoner auf dem

Laptop in Assen eine junge Frau gezeigt. Vor der Garage parkte der Transporter, leer und ohne Ninja. Axel stellte die Z hinter den Transporter und schob seinen Sturzhelm auf den rechten Spiegel. Der Tankrucksack war nun ungeschützt, aber Marienburg war immer noch ein Stadtteil, in dem fremdes Eigentum meistens ignoriert wurde. Axel nahm den schmalen Weg über hässliche Gehwegplatten, der von der Garage aus um das Haus herumführte. Hier hatten sie bei der Geburtstagsfeier draußen gestanden und gegrillt, bis Schulz und einige seiner Kollegen vom SEK zu betrunken wurden und halb im Spaß eine Rauferei anfingen. Axel erinnerte sich, aus dem Toilettenfenster zugeguckt zu haben, bis Volkmann die Raufbolde mit scharfen Worten auseinander trieb. Jetzt stand Axel vor diesem Toilettenfenster und prüfte, wie es von innen verriegelt war. Der ausgeleierte Mechanismus gab seinem Druck so weit nach, dass er einen abgebrochenen Ast in einen Spalt schieben und das Fenster entriegeln konnte. So viel also zum professionellen Sicherheitsbewusstsein von Polizeibeamten. Axel zog sich am Fensterrahmen hoch und hing einen Moment unschlüssig mit beiden Beinen in der Luft, bis er mit Schwung ein Knie anzog und versuchte, es auf dem Fensterrahmen zu platzieren. Die enge Kombi machte ihm dies schwer und so gelang es erst beim dritten Versuch. Mit einem Bein voran ließ er sich durch das Fenster auf die Toilettenschüssel fallen. Bald bewegte sich Axel mit knirschenden Schritten durch das leere Haus und verschaffte sich einen Überblick. Die meisten Räume wirkten ungenutzt und waren kaum eingerichtet, so als würde Schulz nicht wirklich hier wohnen. Axel kam diese Atmosphäre bekannt vor, bei ihm zuhause sah es ähnlich aus. Wenn Schulz' Wohnung auf ihn nun ungemütlich wirkte, war seine eigene Wohnung es auch. Er setzte einen Besuch bei IKEA auf die To-Do-Liste in seinem Kopf.

Axel nahm an, dass er mehr über Schulz auch in der Garage erfahren konnte. Motorräder waren dem Kollegen mindestens so wichtig wie ihm selbst. Axel suchte die richtige Tür vom Haus in die Garage und bestaunte die Sammlung von Motorrädern, die dort sauber aneinandergereiht waren. Neben der Ninja aus Assen standen eine Triumph Street Triple, eine ziemlich abgewrackte Beta-Trialmaschine, eine XT im halbrestaurierten Zustand und eine Aprilia Tuono, die ladenneu aussah. Zwischen der XT und der Tuono war ein Platz frei. Axel hörte sich selbst dabei zu, wie sein müdes Hirn die Vermutung formulierte, hier fehle ein Motorrad und Schulz sei damit unterwegs. Er registrierte irritiert, aus welcher Distanz er sich selbst wahrnahm. Der Schlafmangel führte offensichtlich zu zarter Bewusstseinsveränderung. Axel schlurfte zurück in das Haus und nahm sich Schulz' Arbeitszimmer vor. Dort fand er einige Geräte für Krafttraining und einen von der Decke baumelnden Sandsack. An der Wand hing ein Foto von Schulz in einem weißen Karateanzug, umgeben von einigen Kollegen aus dem SEK, die Axel aus dem Präsidium kannte. In der Mitte der ersten Reihe stand Volkmann, die Arme vor der Brust gekreuzt. Ohne jeden Zweifel war Volkmann der Mittelpunkt der Gruppe und das nicht nur, weil er ein Vorgesetzter war. Die Bildunterschrift lautete dann auch „Von Sensei Volkmann für Sören Schulz". Daneben standen einige japanische Schriftzeichen und deren Übersetzung „Vervollkommne deinen Charakter". Axel konnte sich aus der kurzen Zeit, in der er halbherzig Judo trainiert hatte, daran erinnern, dass ein Sensei ein Meister war und diese Bezeichnung eine umfassendere Bedeutung hatte als das Wort Trainer. Um so erstaunlicher war es, dass Volkmann seinen Schüler Schulz jetzt so schnell fallen ließ. Axel versetzte dem Sandsack einen Hieb. Ein jäher Schmerz schoss durch sein Handgelenk, sein Kreislauf kollabierte für einen Augenblick und er klammerte sich erschreckt an den Sack. Das Mistvieh war hart wie eine Wand und schwer wie ein Betonmischer. An den Sandsack geklammert, blickte er wieder auf das Foto. Die Leute vom Sondereinsatzkommando lebten eindeutig in einem eigenen Universum. Er war gespannt, ob Volkmann ihm später einen Blick hineingewähren würde.

Axel begutachtete den Schreibtisch von Schulz. Man sah deutlich die Stelle, an der sonst das Laptop stand, ein Mousepad mit kabelloser Maus lag noch da, aber das Laptop fehlte. Axel begann, die Schreibtischschubladen zu durchwühlen. Er hoffte, einen Hinweis auf den möglichen Aufenthaltsort von Schulz zu finden, eine Adresse, die häufiger auftauchte oder einen Namen, der zu einem Familienmitglied oder einer ähnlich vertrauten Person führen würde. Als er sich vorbeugte, um in tiefer liegenden Schubladen zu wühlen, wurde ihm wieder Schwarz vor Augen. Schnell sprang er auf und ging zum Fenster, um tief zu atmen. Die lange Nacht hatte ihm härter zugesetzt, als ihm klar gewesen war. In der Edelstahlküche nebenan fand er die Espresso-Maschine, deren Kaffee ihm gegen Ende der Geburtstagsfeier wieder auf die Beine geholfen hatte. Er fummelte eine Zeit lang mit den Bestandteilen der kühn designten Maschine herum, bis er das Kaffeesieb in der Hand hatte. Auf einem schmalen Blech über der Spüle sah er eine silbern glänzende Dose und öffnete sie. Feiner Kaffeegeruch stieg ihm in die Nase. Er benutzte den langen Löffel, der aus dem Kaffeemehl herausragte, um das Kaffeesieb zu füllen, produzierte einen fünffachen Espresso und sah der Maschine dabei zu, wie sie das schwarz schillernde Gebräu in eine Tasse spuckte. Den Energietrank kippte er anschließend in einem Zug herunter. Er ging zurück zum Schreibtisch und wartete auf das Wachwerden neuer Lebenskräfte. Auf dem Boden einer der Schubladen fand er das Foto der Frau, die er auf dem Laptop gesehen hatte. Jedenfalls war es zweifellos dasselbe Gesicht, nur dass der Ausschnitt ein anderer war und das Foto auch den Rest der Person zeigte. Die Frau mochte Mitte zwanzig sein, hatte ein ernstes, stolzes Gesicht und stand in einem schwarzen Kleid mit einer weißen Schürze darüber an einen Tisch gelehnt. In der Hand hielt sie eine große schwarze Börse, wie es in der Gastronomie üblich war. Die Aufnahme war am Rhein entstanden, denn im Hintergrund glitzerte der Fluss im Sonnenlicht und ein Teil der Rodenkirchener Autobahnbrücke war deutlich zu erkennen. Auf der Rückseite des Fotos fanden sich kein Name und keine Telefonnummer. Axel suchte nach einem Adressbuch oder nach anderen persönlichen Aufzeichnungen, aber da war nichts. Wahrscheinlich gehörte Schulz schon zu der Generation, die ihr Privatleben komplett digitalisierte und auf einer Festplatte unterbrachte. Axel suchte weiter. Nach ein paar Minuten Wühlarbeit fiel ihm ein Haufen Taxi-Quittungen in die Hände. Schulz war regelmäßig von einer Kneipe namens „Hafenbahnhof" nach Hause gefahren war. Die Kneipe am Rheinufer hatte keinen guten Ruf, bediente eher eine halbseidene Szene und war ganz bestimmt nicht die typische Stammkneipe für einen Polizeibeamten. Axel fragte sich auch, weshalb Schulz Taxi-Quittungen von Kneipenbummeln aufbewahrte. Er brannte darauf, dies herauszubekommen. Axel sprang auf, sodass der Schreibtischstuhl mit Schwung zurückrollte. Mit Leichtigkeit quetschte er sich zurück durch das Toilettenfenster und sprintete zur Z. Während er das Headset und den Helm aufsetzte, realisierte er vage, dass der Espresso offensichtlich eine Wirkung gezeigt hatte. Die Z ließ einen schwarzen Streifen Gummi zurück, als er voll beschleunigte und in Richtung Rhein davonfuhr.

Die Kneipe hieß Hafenbahnhof, weil sie nah am ehemaligen Industriehafen direkt am Rhein lag. Offenbar waren in dem niedrigen Gebäude früher einmal die Waren aus den Rheinkähnen in die Güterwaggons der Bahn verladen worden, denn die überwucherten Gleise endeten direkt hinter dem Haus. Das ganze Gelände und auch das Haus sahen aus, als sei es zuletzt in den sechziger Jahren renoviert worden. Genau das gefiel der Kundschaft aus Berufstrinkern, Rockern, semiprofessionellen Spielern und anderen dubiosen Individuen so gut. Im hinteren Teil der Kneipe gab es eine winzige Bühne, auf der abends Live-Musik von Polka bis Jazz zu hören war. Dann drängte sich ein gemischtes Publikum zwischen die Stammgäste und brachte den Laden fast zum Platzen. Axel hatte zweimal eine Razzia im Hafenbahnhof begleitet und sich dort an einem Abend kurz nach dem Auszug von Renate gnadenlos besoffen. Für solche und ähnliche Fälle gab es in Köln keinen besseren Platz. So früh am Tag war hier natürlich noch nichts los, aber Axel konnte die Z neben zwei Hondas abstellen, die direkt an der Eingangstür parkten. Durch ein kleines Fenster sah er den Tresen, von dort aus konnte er den Tankrucksack im Auge behalten. Den Helm klemmte er sich unter den Arm. Hinter der Tür musste Axel zunächst mit einer schweren, rubinroten Decke kämpfen, die dort als altmodischer Windfang hing. Nachdem er den Schlitz gefunden hatte, taumelte er in die halbdunkle Kneipe. Es roch nach heftigem Nikotin-Missbrauch und Kantine gleichzeitig. Aus dem hinteren Teil des Raumes drang Musik herüber, jazzige Läufe fegten über ein Tasteninstrument. Axel horchte auf den Klang, bis er ihn einem Fender Rhodes zuordnen konnte. Mittlerweile hatten sich seine Augen so an die Dunkelheit gewöhnt, dass er die drei Umrisse erkannte, die ihn vom Tresen aus anstarrten.

„Merhaba!", grüßte er die beiden jungen türkischen Motorradfahrer aus dem Arkadash.

„Demir Alkan und Hasan Demirici! Soll ich jetzt erstaunt sein, euch hier zu treffen? Oder hätte ich mir das denken können? Was treibt euch in den Hafenbahnhof?"

Axel hatte unaufgefordert zum „Du" gewechselt, aber irgendwie wäre es ihm unpassend vorgekommen, in Lederkombi und mit dem Helm unter dem Arm einen anderen Motorradfahrer zu siezen.

„Also ich bin auf jeden Fall erstaunt und erfreut, Sie wiederzusehen, Herr Kommissar", meldete sich die Gestalt hinter dem Tresen. Die beiden Türken waren genauso überrascht wie Axel und drehten sich um , um sich den Mann noch einmal anzusehen, der einen Kommissar persönlich kannte. Axel brauchte einen weiteren Schritt in Richtung Tresen, um die Gestalt zu erkennen.

„Wenn das nicht mal der gute alte Kay ist! Du kannst mit deinem kaputten Bein die Tresenschlampe in der Gastronomie machen?"

Als Axel Kay vor einiger Zeit im Rahmen einer anderen Ermittlung kennenlernte, lag der nach einem Motorradunfall mit einem pulverisierten Unterschenkelknochen im Krankenhaus. Dem Röntgenbild nach zu urteilen, war Kay damals höchstens zum Bettentester oder für andere liegende Tätigkeiten qualifiziert gewesen.

„Glücklicherweise wachsen Knochen wieder, Kommissar. Mit genug Draht und Schraubzwingen im Bein sogar in die richtige Richtung. Aber ich wollte mich nicht in Ihre Unterhaltung mit den Emirs drängen. Sie kennen ja anscheinend jeden Kölner Motorradfahrer persönlich."

„Chili con carne. Um auf Ihre Frage zurückzukommen", sagte Hasan Demirici, der größere der beiden Türken.

Axel blickte den Mann verständnislos an. Vielleicht sollte er schleunigst einen Kaffee trinken, sein Großhirn wechselte anscheinend allmählich wieder in den Schlummer-Modus. Glücklicherweise half ihm Hasan Demirici weiter.

„Das Chili als Mittagstisch ist hier gut und preiswert. Wir kommen oft in den Hafenbahnhof, auch mit den Emirs. Gute Parkplätze, gute Bedienung. Gute Musik."

Der Pianist am Ende des Raumes setzte gerade zu einer besonders furiosen Salsa-Melodie an. Er spielte, als wären Tausende von Zuhörern im Raum.

„Chili und Jazz locken euch in den Hafenbahnhof. Ja klar, das klingt einleuchtend."

Axel wusste nicht, ob er seinen ironischen Unterton weiter forcieren sollte. Er tappte im Dunkeln und konnte eigentlich nicht einschätzen, ob die Begründung der beiden Türken glaubwürdig war.

„Habt ihr zufällig in den letzten Tagen irgendetwas von unserem Freund mit der schwarzen KTM gehört?"

Die beiden sahen sich an und schüttelten dann gleichzeitig den Kopf.

„Nein, leider nicht, Herr Kommissar. Wir haben alle Klubmitglieder befragt, aber niemand hatte einen Hinweis. Jetzt müssen wir übrigens weiter. Oder brauchen Sie uns noch?"

Axel verneinte und sah zu, wie die beiden bezahlten und ihre Sturzhelme einsammelten. An der Tür drehte sich der kleinere der beiden um und wand sich an Axel.

„Kann ich Ihnen mal etwas an meiner Honda zeigen, Kommissar? Von hier drinnen geht das nicht."

Auch ohne neuen Kaffee verstand Axel diesen Wink mit dem Zaunpfahl. Er folgte den beiden durch den Windfang vor das Haus. Erwartungsvoll trat er mit ihnen zu den Hondas. Hasan Demirici blickte zu Boden und fühlte sich offensichtlich nicht besonders wohl, als er Axel ansprach.

„Sie müssen das verstehen, Kommissar, eigentlich können wir gar nichts sagen. Wir sind freundliche Kölner Bürger und Mitglieder in einem Motorrad-Klub, sonst nichts. Aber im Klub sind Kollegen, die kennen wiederum andere Kollegen und die haben etwas gehört."

Axel blickte wie Hasan Demirici zu Boden und wartete. Wenn die beiden ihm etwas mitteilen wollten, würden sie es tun. Er konnte sie nicht dazu zwingen.

„Der tote Mann, über den Sie etwas erfahren wollen, war ganz bestimmt kein Türke und kein Kurde. Knapp daneben, sozusagen. Mehr können wir nicht sagen. Wenn das stimmt, was geredet wird, dann wollen wir damit nicht in Verbindung gebracht werden. Die Leute sind zu hart drauf. Zu viel Politik. Verstehen Sie?"

Axel nickte, obwohl er nichts verstand. Zum zweiten Mal an diesem Tag fiel das Wort Politik. Politik brachte den BND ins Kölner Polizeipräsidium und versetzte zwei freundliche türkische Motorradfahrer in Angst und Schrecken. Einen Zusammenhang konnte er noch nicht herstellen. Es wurde Zeit, die beiden Türken zu entlassen.

„Ich würde sagen, mit der Honda ist soweit alles in Ordnung. Fahrt einfach los und achtet auf linksabbiegende Autofahrer. Eine größere Gefahr lauert nicht auf euch."

Die beiden lachten und verabschiedeten sich. Axel kämpfte sich durch den Vorhang zurück in den Hafenbahnhof und trat zu Kay an den Tresen. Der hatte die Unterarme aufgestützt und las gerade im Express. Die Zeitung berichtete auf einer Doppelseite sowohl von dem toten Motorradfahrer im Parkhaus als auch vom untergetauchten SEK-Beamten Sören Schulz.

„Erstens: Ganz schnell einen doppelten Espresso. Zweitens: Welche Staaten grenzen östlich an die Türkei?"

Kay hantierte augenblicklich mit der Kaffeemaschine und sprach dabei über seine Schulter weiter mit Axel.

„Da haben Sie im Geografie-Unterricht wohl nicht aufgepasst, Kommissar. Etwas im Südosten liegt Syrien, darüber grenzt der Irak an die Türkei. Und nördlich davon ist es der Iran. Noch weiter nach Norden liegen diverse ehemalige Staaten der Sowjetunion, deren Namen niemand kennt, solange dort kein Flugzeug abstürzt oder Russland einmarschiert. Hier ist der Espresso, tendenziell ein vierfacher. Hilft Ihnen das weiter?"

Axel nippte an der schwarzen Brühe, die Kay ihm hingestellt hatte, und ließ die Namen der Staaten in seinem Kopf nachhallen. Syrien, Irak und Iran waren Worte, die einen BND-Mitarbeiter auch ohne Espresso sofort hellwach machen würden. Was brachte einen Motorradfahrer aus einem dieser Länder auf den weiten Weg bis in ein Kölner Parkhaus, um dort erschossen zu werden? Axel realisierte, dass Kay ihn immer noch erwartungsvoll anschaute. „Großartig, Kay! Sowohl der Espresso als auch der Geografie-Unterricht. Eigentlich komme ich aber aus einem anderen Grund. Kennst du vielleicht einen Stammgast namens Schulz, Sören Schulz? Der fährt übrigens auch Motorrad und war vielleicht mit einem Zweirad hier. So etwas fällt dir doch auf, nehme ich an?"

Kay lehnte sich über den Tresen und fixierte Axel.

„Als was fragen Sie mich das denn? Als hochoffizieller Kommissar Schröder oder als Biker-Kollege, dem ich alles erzählen kann?"

„Ganz wie du möchtest, Kay. Hauptsache, du erzählst mir, was du weißt. Und zwar vollständig und sofort."

Kay sah Axel weiterhin unumwunden in die Augen.

„Ich weiß sehr gut, dass dieser Schulz ein Kollege von Ihnen ist. Wenn ich Ihnen als Kommissar etwas erzähle, müssen Sie möglicherweise dienstlich aktiv werden und das könnte Ihr Verhältnis zu Schulz belasten. Wollen Sie das?"

„Jetzt mach es mal nicht zu spannend, Kay. Schulz ist schon sowas von belastet, dass meine Dienstaktivitäten ihm eigentlich nur noch helfen können. Also los jetzt!"

„Na gut. Der Mann taucht hier seit ein paar Monaten regelmäßig auf. Ich würde sagen, der ist in dieser Zeit ganz gut vor die Hunde gegangen. Vom klassischen Biertrinker ist der zum Konsumenten von chemischen Erfrischungsmitteln geworden. Und weil er am Anfang ziemlich offen über seinen Beruf sprach, haben natürlich ein paar Leute seine Entwicklung mit Interesse beobachtet. Schulz hat neue Freunde gefunden, die eigentlich eher auf seiner privaten Fahndungsliste stehen sollten."

„Was für Freunde? Mit welchen Spezialitäten verdienen die so ihr Geld?"

Axel wurde ungeduldig. Er lehnte sich gegen den Tresen und spürte, wie in seinem Körper unter dem Koffein-Rausch eine allumfassende Müdigkeit pochte. Die dunkle Kneipenatmosphäre mit der verräucherten Luft machte das nicht besser. Kay wies mit dem Daumen in den hinteren Teil des Raumes, wo das Fender Rhodes immer noch jazzige Melodieläufe ausspuckte.

„Ganz ehrlich, Kommissar, hier vorne am Tresen gibt es Getränke. Alles andere findet weiter hinten statt, das kriege ich im Detail nicht mit. Da sollten Sie lieber mit dem Pianisten reden. Christoph ist eigentlich immer hier. Der hat alles im Blick. Auch wenn man das im ersten Moment nicht denkt."

Kay grinste merkwürdig, als er das sagte, ignorierte aber Axels fragenden Blick. Also drückte sich Axel stöhnend vom Tresen ab und ging in die Tiefe des Raumes. Im Halbdunkel schloss sich am Ende des Tresens eine niedrige Bühne an. Auf der saß ein unrasierter Mann mit einer schwarzen Sonnenbrille auf einem kräftigen Schädel an dem Fender Rhodes und spielte mit zur Seite geneigtem Kopf. Sein weißes Hemd wölbte sich über dem Bauch, während die Hände mit weit gespreizten Fingern die Tasten bedienten. Als Axel näher trat, ließ der Mann die

Melodie in einer kleinen Figur auslaufen und legte die Hände in den Schoß. Er hob den Kopf, ließ ihn dabei aber weiter zur Seite geneigt. Axel erkannte, dass der Mann blind war.

„Hallo, Sie sind Christoph? Mein Name ist Axel Schulz, ich bin Kommissar bei der Kripo Köln. Ich hoffe, Sie können mir etwas zu einem der Stammgäste hier erzählen."

Der Mann hob den Kopf und richtete die Brille genau auf Axels Augenhöhe aus.

„Hallo, Herr Kommissar. Nett, Sie kennenzulernen. Ich glaube, ich habe Sie hier noch nie gesehen."

Axel starrte irritiert in das Schwarz der Sonnenbrille. Hatte er sich geirrt und er sprach gar nicht mit einem blinden Menschen? Der Mann mit der Sonnenbrille stimmte ein schrilles Lachen an.

„Jetzt gucken Sie doch nicht so überrascht, Kommissar. Ich sehe mehr, als Sie glauben. Dazu braucht man keine Augen. Was wollen Sie wissen?"

Der Mann drehte den Lautstärke-Knopf des elektrischen Pianos auf null und begann, unverstärkt auf dem Fender zu spielen. Gespenstisch leise Töne der gedämpften Klavierseiten klangen herüber. Axel schüttelte seine Beklemmung ab und setzte sich auf einen Stuhl neben das Rhodes.

„Ein Kollege von mir ist hier Stammgast. Sören Schulz, er ist mittelgroß, hat hellbraune Haare ..."

Axel verstummte und kam sich dämlich vor. Die polizeiliche Beschreibungsroutine nutzte dem Mann natürlich gar nichts. Er dachte darüber nach, wie er einem Blinden Schulz beschreiben sollte.

„Warum reden Sie nicht weiter, Kommissar? Schulz, der Highspeed-Mann, ich weiß schon, wen Sie meinen. Der hat schlechte Gesellschaft gesucht und auch gefunden, wenn Sie mich fragen."

„Wie meinen Sie das? Mit wem hat Schulz hier zu tun gehabt?"

„Nun, zuerst mit den normalen Kleinkriminellen, die hier auch verkehren. Man erkennt sie daran, dass sie keine Ahnung von Musik haben und nicht zuhören. Es hat mich schon gewundert, wie öffentlich Schulz über seinen Job geredet und sich mit dem Milieu angefreundet hat. Auch seine Gier nach Tabletten war hier kein großes Geheimnis. Schulz kauft bei jedem, der ihm den Kram anbietet."

Der Mann wandte Axel wieder den Kopf zu, als würde er ihn direkt ansehen.

„Damit wir uns richtig verstehen, Kommissar, das sind alles nur nette Geschichten eines armen blinden Pianisten, der in dieser Kneipe seinen zweiten Wohnsitz hat. Wenn Sie eine offizielle Aussage von mir wollen, dann muss ich Ihnen sagen: Ich habe nichts gesehen!"

Der Kopf mit der Sonnenbrille zuckte, als der Mann wieder sein schrilles Lachen hören ließ.

„In den letzten Tagen sind in den Gesprächen von Schulz neue Töne hinzugekommen."

Er klimperte einen schnellen Lauf auf den stimmlosen Tasten, als wollte er seine eigene Rede untermalen.

„Weniger kölsche Töne, mehr ein arabischer Tonfall."

Er unterbrach sein Spiel und beugte sich vor.

„Und zwar so geheimnistuerisch, dass ich nichts verstanden habe. Das will einiges heißen."

Er griff wieder mit beiden Händen in die Tasten und begann einen neuen Lauf.

„Aber vielleicht wollte Schulz auch nur das Motorrad seines Gesprächspartners kaufen."

Axel richtete sich elektrisiert auf. Ohne nachzudenken beugte er sich über das Rhodes und stoppte mit beiden Händen das Spiel des Blinden. Der war von der spontanen Berührung so überrascht wie Axel selbst. Für einen Augenblick hielt Axel die trockenen Finger des Mannes fest, dann ließ er sie irritiert los und lehnte sich wieder zurück.

„Wie kommen Sie darauf, dass der Mann mit dem arabischen Tonfall ein Motorrad gefahren hat?"

Der Blinde ließ die Finger ausgestreckt über den Tasten schweben, ohne sie zu bewegen.

„Der Geruch von Motoröl und Leder. Und dieses grässliche Knirschen der Stiefel, wie bei Ihnen gerade. Glauben Sie mir, Kommissar, wenn Sie die Augen zumachen, sehen Sie besser."

Axel saß sprachlos da. Statt eines Motorradfahrers mit einem arabischen Hintergrund suchte er jetzt schon zwei. Ein Verdacht stieg in ihm hoch und ließ ihn auffahren, sodass sein Stuhl nach hinten kippte. Mit schnellen Schritten war er wieder am Tresen bei Kay.

„Dein Kollege Christoph hat unglaubliche Fähigkeiten, aber was vor eurer Kneipe auf dem Parkplatz steht, kann man nur von diesem Tresen aus sehen. Weißt du, mit welchem Motorrad Schulz zuletzt hier war?"

Kay schüttelte ungläubig den Kopf.

„Kommissar, Kommissar, Sie sollten nicht immer nur Motorräder im Kopf haben. Schließlich ermitteln Sie hier unter anderem in einem Mordfall. Schulz war wie immer mit seiner Superduke unterwegs. Ein geiles Teil, diese KTM."

Kay schwieg und blickte auf den Express vor sich auf dem Tresen. Ein unscharfes Standbild aus dem Überwachungsvideo des Parkhauses zeigte die beiden KTMs mit den schwarz gekleideten Fahrern. Kay blickte wieder hoch und Axel konnte dabei zusehen, wie sich auch in Kay eine Erkenntnis breitmachte.

„Ach du Scheiße!", sagte Kay tonlos. Axel nickte.

„Pass auf, Kollege, wenn hier irgendwelche Journalisten auftauchen und nach Schulz fragen, dann möchte ich, dass du deinen Intelligenzquotienten so weit wie möglich herunterfährst und nur noch zu inhaltsarmen Sätzen in der Lage bist. Sollte dir nicht allzu schwer fallen."

Kay grinste.

„Dümmer als die Polizei erlaubt, das mache ich gerne. Wenn es denn der Wahrheitsfindung dient ..."

Axel ging zurück zu dem Pianisten, der immer noch verzückt auf seinem tonlosen Instrument spielte. Als Axel näher trat, erstarrten die Finger unbeweglich über den Tasten.

„Entschuldigen Sie meinen Ausbruch von eben, ich wollte Sie nicht erschrecken."

Der Mann drehte seinen Kopf in Axels Richtung und ließ wieder sein Lachen ertönen.

„Keine Sorge, Kommissar, Sie können mich nicht erschrecken. Wenn mir etwas Angst macht, schaue ich einfach weg. Stolpern Sie nicht über den Stuhl, der liegt immer noch vor dem Tisch. Ich nehme an, Sie müssen jetzt los. Vielleicht kommen Sie morgen Abend wieder her? Ich spiele hier mit einer Band, den Dead Sambaboys. Aber ich muss Sie warnen, ich singe auch dazu."

Axel stellte den Stuhl wieder auf die Füße, während der Blinde sein Lachen mit einigen Pianotönen unterlegte.

„Das überlege ich mir noch. Jedenfalls vielen Dank für die Hilfe und die Einladung."

Axel holte sein Handy hervor und drückte die Nummer von Behrendt. Während das Telefon die Nummer wählte, blickte er Kay fragend an und machte mit Daumen und Zeigefinger die Bewegung für Geldzählen. Der schüttelte den Kopf und imitierte zum Abschied einen militärischen Gruß. Als sich Axel erfolgreich durch den Windfang gekämpft hatte, nahm Behrendt endlich ab.

„Behrendt, wie bekomme ich so schnell wie möglich einen Termin mit Volkmann? Ich muss wissen, an was Schulz dran war. Ich befürchte, er braucht mehr Unterstützung als wir bisher schon angenommen haben."

„Das wird nicht leicht werden. Volkmann lässt sich verleugnen, obwohl er im Präsidium ist. Die ganze Abteilung macht dicht. Kommen Sie her und wir gehen gemeinsam hin. Vielleicht müssen wir mehr unsere Ellenbogen einsetzen, um dort weiterzukommen. Dann erzählen Sie mir auch, was Sie herausgefunden haben. Kein Wort darüber am Telefon!"

11.

Axel verkabelte sich wieder mit dem Headset, setzte den Helm auf und startete seine Z. Er musste sich zusammenreißen, um nicht viel zu schnell durch die Stadt zu fahren. Köln wirkte in dem milden Wetter im Gegensatz zu ihm sehr entspannt und gelassen. Während er mit eingelegtem Gang an einer roten Ampel stand, versuchte er seinen müden Kopf wieder zu Denkvorgängen zu zwingen. Selbst wenn Schulz der Todesschütze aus dem Parkhaus war, reichte das nicht als Erklärung für sein Untertauchen. Offensichtlich hatte der Schütze auf dem Überwachungsvideo in Notwehr gehandelt und auch für einen verdeckt ermittelnden Beamten wäre es naheliegend gewesen, sich sofort seinen Vorgesetzten anzuvertrauen. Warum hatte Schulz stattdessen alle Verbindungen abgebrochen und warum verstieß ihn seine Behörde so vollständig? Axels Ermittlungen belasteten Schulz erheblich, aber sein Instinkt sagte ihm, dass er nur die halbe Wahrheit kannte. Zu den Freunden und Kollegen aus seiner Abteilung musste Schulz jeden Kontakt vermeiden und Axel hoffte, die gemeinsame Rennstreckenerfahrung habe zwischen ihnen beiden zu einem besonderen Vertrauensverhältnis geführt. „Ruf mich an, du Idiot", sagte er leise in seinen Helm, „wir kriegen das schon hin!" Hinter ihm hupten Autos, weil die Ampel schon längst wieder Grün geworden war. Solange er in Bewegung blieb, war alles gut, aber sobald er zur Ruhe kam, schaltete sein Körper ab. Er beschleunigte voll und ließ die Autos hinter sich. Auf der Z war es glücklicherweise kein Problem, in Bewegung zu bleiben.

Wenig später stürmte Axel in das Polizeipräsidium und machte sich auf den Weg zu Behrendt. Unterwegs überholte er den Kollegen Kılıç, mit dem er im Parkhaus ermittelte hatte.

„Mahlzeit Kollege, aus dem Weg, Sondereinsatz!", rief Axel im Vorbeigehen.

„Immer diese Motorradfahrer, überholen an den unmöglichsten Stellen!", gab der zurück. Axel winkte ihm über den Rücken zu. Mit quietschenden Schritten stürmte er über den Gang in Richtung Behrendts Büro. Die Tür war offen und Axel konnte Behrendt aus einigen Metern Entfernung brüllen hören.

„Es ist mir egal, dass Kriminaloberkommissar Volkmann einen Termin hat. Ich will ihn sprechen! Sie wissen ganz genau, weshalb ich ihn sprechen will! Nein, ich kann nicht bis morgen warten!"

Axel trat in das Zimmer und freute sich am Anblick seines Vorgesetzten. Der Hauptkommissar war ein unscheinbarer Mann, den normalerweise nichts aus der Ruhe bringen konnte. Aber jetzt stand er mit zerzausten Haaren und rotem Kopf hinter seinem Schreibtisch, das Telefon baumelte am Kabel des Hörers neben der Tischplatte und Behrendt schrie in den Apparat, während er mit einer Hand wild gestikulierte. Wenn Behrendt sich so für einen Kollegen aus einer anderen Abteilung einsetzte, dann freute sich Axel auf den Tag, an dem Behrendt ihm den Rücken stärken würde. Behrendt beendete das Gespräch, indem er den Apparat am Kabel auf den Tisch zerrte und den Hörer knallen ließ.

„Nichts zu machen, Schröder."

Behrendt atmete schwer und wischte sich mit dem Handrücken Schweiß von der Stirn.

„Auf dem Dienstweg komme ich an Volkmann nicht ran. Der hat Angst vor offiziellen Äußerungen, der Knilch. Unmöglich, wie der seine Leute fallen lässt. Ich wette, er hat Angst um seine eigene Karriere und opfert Schulz auf dem Altar der Dienstaufsicht. Welche neue Beschuldigung bringen Sie?"

„Die schlimmste Beschuldigung, die es geben kann, auch wenn es nur ein Verdacht ist. Schulz fährt eine Superduke wie der Todesschütze auf dem Überwachungsvideo. Er hatte in einer einschlägigen Kneipe Umgang mit einem arabisch sprechenden Motorradfahrer. Der Tote aus dem Parkhaus stammt ziemlich sicher aus dem Iran, dem Irak oder Syrien."

Behrendt sah ihn ungläubig an.

„Was soll das bedeuten? Die Al Qaida liefert sich eine Schießerei in einem Kölner Parkhaus? Ein SEKler wird umgedreht und schließt sich einer Terrorzelle an? Das glauben Sie doch selber nicht, Schröder!"

„Ich weiß nicht, was ich glauben soll, Herr Hauptkommissar. Wir fischen im Trüben und der Einzige, der ein wenig Licht in das Dunkel bringen kann, ist Volkmann. Mal sehen, ob ich auf dem kleinen Dienstweg weiter komme als Sie. Ich melde mich!"

Axel trat unschlüssig auf den Flur. Es war Mittagszeit, also hatte er gute Chancen, in der Kantine jemanden zu finden, der ihm weiterhelfen konnte. Am Ende des Ganges lehnte Ali Kılıç mit den Händen auf dem Rücken gegen die Wand. Er schien aus dem Fenster zu sehen. Axel folgte seiner Intuition und schlenderte zu dem Kollegen.

„Na?", fragte er und lehnte sich neben dem Mann gegen die Wand.

Kılıç sah zu ihm herüber und blickte dann auf die offene Tür zu Behrendts Büro.

„Ich kam gerade zufällig diesen Gang entlang …", sagte Kılıç und schwieg dann. Axel sammelte seine Kräfte und es gelang ihm, nichts zu sagen und nur leicht zu nicken.

„Der Herr Kriminaloberkommissar Volkmann ist sehr beschäftigt."

Axel fand, dass Kılıç seine Zurückhaltung etwas übertrieb. Er hatte die Vision, Kılıç an den Schultern zu packen, heftig durchzurütteln und ihm dabei „Nun rede schon!" zuzubrüllen. Irgendetwas an Axels Körpersprache schien ihn zu verraten, denn Kılıç beeilte sich, weiterzureden.

„Volkmann ist ja Karate-Sensei. Ich war eine Zeit lang sein Schüler, Karate ist ihm heilig. Nichts auf der Welt wird ihn davon abhalten, sein montägliches Training zu geben."

Kılıç streckte seinen linken Arm nach vorne, um auf seine Armbanduhr blicken zu können.

„Das Training beginnt in sieben Minuten in der kleinen Übungshalle."

Axel sah dem Mann in seine braunen Augen. Er wusste, was er nun zu tun hatte und gleichzeitig fühlte er, wie sein ganzer Körper von Müdigkeit gelähmt war. Vielleicht hätte er doch in dem Haus in Frankreich bleiben und nach der Dusche sehen sollen.

„Vielen Dank für den Tipp, Kollege. Ich glaube, ich verspüre gerade unbändige Lust auf ein wenig Karate-Training vor dem Mittagessen."

Als er sich eine Viertelstunde später in einem formlosen Karateanzug in der Übungshalle wiederfand, bereute er seinen Entschluss zutiefst. Während ihm ein glatzköpfiger 120-Kilo-

Mann den Gürtel des ausgeliehenen Karateanzugs fachgerecht knotete, wärmten sich etliche andere extrem fit aussehende Beamtenkollegen um ihn herum auf. Axel kannte die Graduierungen der Gürtel im Karate nicht, aber dass ein schwarzer Gurt auf einen Fortgeschrittenen hinwies, war ihm klar. Und Schwarzgurte gab es einige in dieser Halle. Axel hingegen konnte sich an seine kurze Judo-Karriere kaum noch erinnern und beschäftigte sich mit Sport am liebsten auf der Couch vor dem Fernseher. Aber er hoffte auf die sagenumwobene Höflichkeit und Etikette bei asiatischen Kampfsportarten. Und auf eine Art Welpenschutz durch seine Kollegen. Das Gesumme in der Halle verstummte, als Volkmann an die Türschwelle trat, sich in die Halle hinein verbeugte und mit kurzen Schritten zur Mitte ging. Alle anderen stellten sich in einer Reihe hinter dem Rücken von Volkmann auf. Axel bemerkte, dass sich dabei die Träger der verschiedenen Farben zueinander stellten, und war schlau genug, sich an das Ende der Schlange zu stellen, das von den Schwarzgurten am weitesten entfernt war. Volkmann ließ sich auf die Unterschenkel nieder, woraufhin es ihm die ganze Reihe nachmachte. Auch Axel setzte sich mühsam auf seine Knie. Volkmann bellte etwas Unverständliches und absolute Stille trat ein. Axel schielte kurz nach rechts, wo sein Nebenmann mit geschlossenen Augen saß. Also schloss auch Axel die Augen. Sofort sah er eine Straße vor sich, die unter dem Vorderreifen seiner Z wegtauchte. Die vielen Kilometer der letzten 36 Stunden hatten sich anscheinend als endloses Roadmovie in seinem Gehirn eingebrannt. Unter dem Leinwandflackern vor seinen Augen spürte er seinen Puls, wie er wummernd und mächtig schlug. Der Rhythmus hatte etwas Hypnotisierendes und lullte ihn ein, nur ein leichter Schmerz in seinen Knien hielt Axel davon ab, sich diesem Rhythmus hinzugeben und von ihm davontreiben zu lassen.

„Das gilt auch für unseren Gast!"

Die feste Stimme von Volkmann dröhnte plötzlich in seinen Ohren. Alle anderen in der Reihe waren bereits aufgestanden, Volkmann stand mit vor der Brust verschränkten Armen wenige Schritte vor ihm und sah ihn spöttisch an.

„Die meditative Entspannung gelingt ja schon ganz gut. Dann wollen wir mal sehen, wie es um die Anspannung steht."

Axel kam taumelnd auf die Füße und versuchte, mit Trippelschritten seine eingeschlafenen Beine zu wecken. Der Schwarzgurt vom anderen Ende der Reihe begann mit einem Aufwärmprogramm, das ihm alle nachmachten. Axel kam schnell ins Schwitzen und bewunderte die Dehnungen, zu denen die meisten anderen in der Lage waren. Einzig in einem fetten jungen Mann mit einem weißen Gurt um den Bauch fand er einen Leidensgenossen. Der presste sich wie Axel mit hochrotem Kopf zu Boden und stöhnte, als die Sehnen in den Oberschenkeln ihre maximale Dehnung erreicht hatten. Glücklicherweise wurde der junge Mann auch Axels Partner, als Volkmann kurz darauf mit einem Schwarzgurt einen Angriff mit einem Faustschlag, das Blocken des Angriffs und einen Faustschlag mit einem Haltegriff als Gegenangriff vorführte und die Gruppe diese Abfolge anschließend zu zweit üben sollte. Die beiden berieten sich flüsternd, wie die Bewegungen wohl richtig auszuführen seien und versuchten, bei den anderen Paaren abzugucken. Volkmann bemerkte ihre Unsicherheit schnell und kam zu ihnen. Er nahm Axels Rolle ein, um ihm zu zeigen, wie er den Block ausführen und mit welcher Bewegung er kontern sollte.

„Bis hierhin ist das ein traditioneller Karate-Konter", sagte Volkmann und hielt den dickleibigen jungen Mann mit einer Hand fest im Griff.

„Und so sieht eine praxisorientierte Anwendung auf der Straße aus, wenn jemand zu hartnäckig und aufdringlich wird."

Mit diesen Worten veränderte er seinen Haltegriff unmerklich und zwang den Dicken in eine unmögliche Stellung, die Axel schon beim Zusehen Schmerzen bereitet. Volkmann fixierte Axel.

„Verstanden?", fragte er. Axel schüttelte den Kopf. Er stütze den schweren Körper des Opfers und befreite ihn teilweise aus Volkmanns Umklammerung.

„Vielleicht kann man sich mit einer Drehung aus der Gefahr herauswinden. Vielleicht ist die Situation nicht so aussichtslos, wie man denkt."

Wortlos ließ Volkmann den jungen Mann los. Der ließ sich stöhnend zu Boden gleiten und blieb dort still liegen.

Volkmann blickte auf ihn herab.

„Für mich sieht dieser Fall verdammt abgeschlossen aus", sagte er leise und ging weiter, um ein anderes Paar bei der Übung zu korrigieren. Der Dicke kam mühsam wieder auf die Beine.

„Was geht denn zwischen euch ab? Und könnt ihr mich bitte dabei außen vor lassen, was immer es ist!"

Axel klopfte ihm aufmunternd auf die Schulter. Sie bemühten sich wieder um die richtigen Bewegungen, bis Volkmann die Partnerübung beendete. Er verteilte die Gruppe gleichmäßig in der Halle, demonstrierte eine Beintechnik und zählte laut, während alle die Technik wiederholten. Axel mochte die Bewegung und empfand so etwas wie Vergnügen dabei. Allerdings ließ die Freude merklich nach, als Volkmann immer weiter zählte und schon jenseits der Zahl dreißig angekommen war. Axels Standbein begann zu zittern und er fragte sich, wie lange Volkmann zählen wollte. Bei der vierzigsten Wiederholung regelte Axels Körper langsam ab und signalisierte immer deutlicher, dass er zu keiner weiteren Zusammenarbeit bereit sei. Axel war sich sicher, dass Volkmann die Übung bei fünfzig beenden würde. Er wollte bis dahin durchhalten und riss sich zusammen. Mit zusammengebissenen Zähnen erwartete er die Zahlen bis zur Erlösung.

„Siebenundvierzig! Aaaachtundvierzig! Neuuuuuunund-vierzig! Und fünfzig!", bellte Volkmann im Kasernenhof-Ton am Kopf der Gruppe. Axel stützte sich mit den Händen auf den Oberschenkeln ab und ließ den Kopf hängen.

„Und eiiiiiinundfünfzig! Das gilt auch für anwesende Kriminalbeamte! Zweiiiiiiiundfünfzig!"

Fluchend nahm Axel die Bewegung wieder auf. Sein einst so sportlicher Tritt hatte sich in eine kurze Zeitlupenbewegung verwandelt. Vor seinen Augen tanzten rote Sterne, die bei jedem Tritt erneut in Bewegung gerieten. Zwischendurch warf er einen Blick auf den Oberschenkelmuskel seines Standbeines, der sich eindeutig so anfühlte, als hätte jemand darin ein Dutzend Nagelreiniger aufgespießt. Erstaunlicherweise war der weiße Stoff des Karateanzugs unversehrt.

„Seeechsundsiebzig!"

Das Gesicht von Volkmann tauchte neben Axel auf, verschwommen und schwankend.

„Siiiiiiebenundsiebzig! Ein zähes Bürschchen, unser Kommissar."

Trotz seiner Erschöpfung nahm Axel die Anerkennung in Volkmanns Stimme wahr. Er würde sich darüber freuen, sobald er dazu wieder in der Lage war.

„Und achtzig. Und lockern, die Herren!"

Axel ließ sich zu Boden fallen und stellte die Beine auf. Der größte Teil der Gruppe um ihn herum hielt sich ungerührt weiter auf den Beinen, aber manche hockten wie er stöhnend auf dem Boden. Volkmann ließ ihnen nicht lange Zeit zur Erholung. Er rief ein japanisches Wort und sofort suchten sich alle um Axel herum einen Partner, zu dem sie sich gesellten. Wie bei der Reise nach Jerusalem blieben nur Axel und der Dicke übrig.

„Was hat er gesagt?", fragte der Axel mit Angst in den Augen.

„Keine Ahnung. Ich spreche kein Japanisch", erwiderte Axel. Der hünenhafte Glatzkopf vom Beginn der Trainingsstunde hatte das gehört und gab Auskunft.

„Randori. Das bedeutet Freikampf. Aber nicht, bis einer heult, verstanden?"

Axel war froh, nicht mit dem Glatzkopf zusammen kämpfen zu müssen und bemühte sich stattdessen, seinen beleibten Partner aus der Puste zu bringen. Weil er keine andere Technik kannte, versuchte er immer wieder den Kick, den er eben so oft wiederholt hatte, und war überrascht, wie leicht der sich plötzlich anfühlte. Der Dicke konzentrierte sich darauf, mit Gebrüll auf Axel loszustürmen, um ihn dabei möglichst plattzuwalzen. Glücklicherweise konnte er seine Richtung kaum noch wechseln, nachdem er sich einmal in Bewegung gesetzt hatte, sodass es Axel gelang, ihm problemlos aus dem Weg zu gehen. Das ging so einige Minuten hin und her, Axel war mittlerweile ganz schön außer Puste. Dann rief Volkmann ein neues Kommando und die Männer in den Karateanzügen verbeugten sich kurz voreinander, um zu einem neuen Partner zu wechseln. Axel stand einem kleinen dunkelhaarigen Mann mit Sportbrille gegenüber, der sofort eine Kampfhaltung einnahm und grimmig guckte. Aber vor der ersten Bewegung tauchte plötzlich Volkmann auf, schob den Mann weg und schickte ihn zu einem anderen Übenden. Volkmann stellte sich mit geschlossenen Füßen vor Axel, die Hände militärisch an beiden Körperseiten angelegt, und verbeugte sich formvollendet. Axel imitierte die Bewegung und nahm dann eine Haltung ein, die er von Boxkämpfen aus dem Fernsehen kannte. „Na dann Sayonara", sagte er zu sich selbst und versuchte mit Todesverachtung, seinen frisch gelernten Tritt unterzubringen. Volkmann blockte ihn vorschriftsmäßig und setzte einen Faustschlag als Konter, der so kurz vor Axels Kinn stoppte, dass Axel die Bartstoppeln seines Drei-Tage-Bartes spürte. Volkmann ließ ihm wieder die Gelegenheit für einen Angriff, blockierte diesen im letzten Augenblick und brachte Axel im selben Moment mit einem Fußfeger aus dem Gleichgewicht. Volkmann hielt Axel mit eisernem Griff in leichter Rückenlage fest. Ihre beiden Köpfe waren sich ganz nahe.

„Halten Sie still, das ist am besten für Sören", zischte Volkmann ihm ins Ohr. Dann ließ er Axel los, der sich nur mühsam auf den Beinen hielt. Axel nutzte die ungewohnte Nähe zu Volkmann und setzte sofort zu seinem Spezial-Tritt an. Volkmann war einigermaßen überrascht, konnte den Tritt aber doch noch blocken, sodass Axel an ihm vorbeitaumelte und sich an Volkmanns Karate-Anzug festhielt, um nicht hinzufallen.

„Warum? Was hat er getan?", krächzte Axel. Volkmann schüttelte Axels Haltegriff ab und versetzte ihm einen Stoß, der Axel einige Meter weitertorkeln ließ, bis er zwei anderen Kämpfenden ins Gehege kam. Als er sich wieder umwandte, stand Volkmann schon zur Verbeugung bereit und beendete ihr Zusammentreffen. Er rief ein weiteres japanisches Wort, woraufhin auch alle anderen das Kämpfen einstellten. Volkmann ließ sie wieder eine Reihe bilden, drehte ihnen den Rücken zu und setzte sich wie am Anfang des Trainings hin. Als auch Axel saß, spürte er, was sein Körper in der letzten Stunde geleistet hatte. Volkmann bellte wieder sein Kommando und es wurde still in der Halle. Diesmal war Axel zu keiner Meditation in der Lage. Er dachte darüber nach, was Volkmann gesagt hatte. Wieso war ihm wichtig, was am besten für Schulz war, wenn er ihn schon längst als schuldig bezeichnet und ausgestoßen hatte? Konnte man Volkmann glauben, dass er am Wohlergehen von Schulz interessiert war? Das stille Sitzen endete schnell und damit war auch das Ende des Trainings gekommen. Volkmann verschwand nach draußen, von einigen Schwarzgurten umringt. Axel versuchte, sich zu ihm vorzudrängen, aber als er im Umkleideraum ankam, war Volkmann bereits verschwunden. Axel ließ sich erschöpft auf einer der Bänke nieder. Der beleibte Trainingspartner versuchte, ihn in ein Gespräch zu ziehen, aber Axel war zu erschöpft für Konversation. Er brachte gerade so viel Energie auf, um sich von dem Mann ein Handtuch und Shampoo zu leihen und verschwand unter der Dusche. Als er unter dem heißen Wasser stand, den Kopf gegen die Fliesen gelehnt und die Augen geschlossen, fühlte er sich langsam besser. Aber was konnte er noch tun, um Schulz zu entlasten? Aus dem Umkleideraum drangen Stimmen bis unter die Dusche. Was sich zunächst wie ein normales Gespräch anhörte, wurde schnell lauter und klang wie ein Streit. Axel spitzte plötzlich die Ohren und drehte das Wasser ab. Im Nebenraum war der Name Sören Schulz gefallen. Jetzt erkannte Axel auch die Stimme von Volkmann.

„Ich will, dass ihr kein gutes Haar an Sören lasst. Erzählt jedem auf der Straße, dass der Typ die Seite gewechselt hat und für uns ein toter Mann ist. Sagt, ich persönlich würde ihn plattmachen, wenn ich ihn in die Finger kriege. Vergesst nicht, wir müssen das Uran loswerden und das Geld kassieren, sonst ist alles umsonst gewesen."

Axel klammerte sich an die Stange der Duscharmatur, die Shampoo-Flasche in der anderen Hand. Einzelne Tropfen kalten Wassers fielen aus dem Brausenkopf auf seinen Rücken und sorgten für eine Gänsehaut. Die hatte er bei dem Wort Uran aber ohnehin schon bekommen. Was zur Hölle ging hier vor? Der Druck, der die letzten 24 Stunden auf ihm gelastet hatte, entlud sich in einem einzigen Augenblick. Axel stürmte aus der Dusche in den Umkleideraum. Es waren nur noch Angehörige der SEK-Truppe im Raum, die sich offensichtlich zusammen mit Volkmann in einem anderen Raum umgezogen hatten. Axel sah sich sechs hochgewachsenen Männern in Bomberjacken und Tarnhosen gegenüber, die ihn finster anstarrten. Ihm wurde bewusst, dass er nackt zwischen ihnen stand und mit einer hilflosen Geste hielt er sich die Shampoo-Flasche vor den Unterleib.

„Wenn Sie Schulz verbrennen wollen, um an irgendwelches Geld aus einem unsauberen Deal zu kommen, dann können Sie gleich ein Ermittlungsverfahren gegen sich selbst einleiten!", brüllte er Volkmann an.

„Was ist das für eine Sauerei mit Uran? Wo ist Schulz, was haben Sie mit ihm gemacht? Warum ..."

Seine Stimme brach gurgelnd ab, als Volkmann eine schnelle Bewegung machte und ihm mit zwei gestreckten Fingern gegen den Kehlkopf stieß. Axel taumelte zurück und fasste sich mit beiden Händen an den Hals. Er bekam keine Luft, konnte weder ein- noch ausatmen. Panik stieg in ihm hoch. Er zwang sich, ruhig zu bleiben und versuchte, ganz flach zu atmen. Der Schmerz im Kehlkopf schwand langsam und er füllte mit einem endlos langen Atemzug seine Lungen. Volkmann und die anderen Männer beobachteten ihn interessiert.

„Schröder, Sie sehen scheiße aus. Sie sollten sich schlafen legen. Jetzt gleich. Und Sie sollten vor morgen Mittag nicht aufwachen. Das ist meine persönliche Empfehlung für Sie als Kollegen. Als Sensei rate ich Ihnen, an Ihrer Abwehr in der Halbdistanz zu arbeiten."

Das dröhnende Lachen der Männer füllte den Raum. Axel versuchte zu sprechen, produzierte aber nur ein heiseres Krächzen. Er schüttelte die Faust gegen die Gruppe, die jetzt nach und nach den Umkleideraum verließ. Einer nahm seine Faust, öffnete sie und drückte ihm die heruntergefallene Shampoo-Flasche in die Hand. Axel hörte sie noch lachen, als die Tür des

Umkleideraums schon hinter ihnen zugefallen war. Er verbrachte ein paar Minuten bewegungslos auf einer der Bänke und zog sich dann langsam an. Die Lederkombi kam ihm wie eine Rüstung vor und gab ihm ein Gefühl von Stärke zurück, das er in den letzten zehn Minuten so komplett verloren hatte wie noch nie in seinem Leben. Mit seinen quietschenden Schritten ging er den Weg zurück zum Hauptgebäude. Dass er die Krisensituation überwunden hatte, merkte er an der Richtung, die er einschlug. Er war auf direktem Weg in die Kantine, denn mittlerweile spürte er einen nagenden Hunger. Dabei zog er das linke Bein etwas nach, jeder Schritt verursachte nämlich höllische Schmerzen. Der Weg zur Kantine war weit, aber irgendwann näherte er sich der Essensausgabe. Die kölsche Dame von heute Morgen war immer noch im Dienst und sah ihm wohlwollend entgegen, als er vor ihr am Tresen stand.

„Wat soll et denn sein, junger Mann? Heute is' alles lecker hier."

Axel studierte den flau kopierten Zettel mit dem Tagesangebot. Er kannte das Angebot der Kantine und vertraute den Beschreibungen nicht, aber er musste sich ja irgendwie entscheiden.

„Ahergradtn", sagte er und erinnerte sich dabei wieder daran, dass seine Stimme angeschlagen war.

„Wat han Se jesat?", kam es von der anderen Seite des Tresens zurück. Axel zeigt auf den Sauerbraten mit Klößen auf dem Tagesangebot und räusperte sich, bevor er es noch einmal versuchte.

„Und ein Kännchen Kaffee, bitte."

„Na, geht doch, junger Mann", sagte die Frau zufrieden. „Genau", dachte Axel. Er zahlte sein Essen und ging quietschend zu einem kleinen Tisch am Fenster. Der Sauerbraten in brauner Soße war ein Schock für seinen Magen, dem zuletzt am

Genfer See ein richtiges Essen zugeführt worden war. Axel erinnerte sich an den Abend mit Pizza und Rotwein. Wieder fragte er sich, ob es die richtige Wahl gewesen war, nach Köln zurückzufahren. Aber dann erinnerte er sich an Volkmann und seine Ansprache unten in der Umkleidekabine und ein Teil seines Zornes kehrte zurück. Als er von seinem Sauerbraten hochguckte, stand Ali Kılıç vor ihm.

„Hallo, Kommissar. Haben Sie Volkmann gefunden?"

Axel kaute weiter und nickte langsam.

„Und, wie war es?", fragte Kılıç. Axel schluckte den Braten herunter und räusperte sich.

„Super", sagte er.

12.

Der Sauerbraten sorgte bei Axel für tief gehende Entspannung und Gelassenheit. Zusammen mit dem weichen Sessel in Behrendts Büro war das eine gefährliche Mischung, weil Behrendts Kaffee nicht genug Koffein enthielt, um Axels kaffeeverseuchtem Stoffwechsel noch einen Kick geben zu können. Axel kämpfte also mit der Müdigkeit, als er Behrendt von seinem Zusammentreffen mit Volkmann erzählte. Zwischendurch zuckte Axels linkes Bein verdächtig und er streckte es sicherheitshalber bis unter Behrendts Schreibtisch, um vor einem möglichen Krampf gewappnet zu sein. Behrendt übernahm stellvertretend für den müden Axel den Part, wegen Volkmanns Verhalten einen Wutanfall zu bekommen.

„Wenn wir nur einen einzigen Zeugen außerhalb des SEKs für das Gespräch hätten, würde ich augenblicklich eine Ermittlung gegen Volkmann in die Wege leiten. So haben wir leider keine Chance, damit durchzukommen. Außerdem dauert es mehrere Ewigkeiten, bis eine übergeordnete Behörde wirklich aktiv wird."

Axel nickte träge. Er versuchte gerade, sich an den Namen seines Physiklehrers zu erinnern. Der war klein und unscheinbar gewesen und konnte sich gegen die Klasse niemals richtig durchsetzen. Konsequenterweise hatte Axel seinen Namen vergessen – zusammen mit dem größten Teil des Unterrichtsstoffs, den der Lehrer ihnen vergeblich zu vermitteln versucht hatte. Ob Behrendt besser aufgepasst hatte?

„Wie war das noch mal mit Uran? Hat mit Atomkraft zu tun, oder? Passen unsere Kollegen nicht regelmäßig in Gorleben auf einen Uran-Transport auf, damit da nichts verloren geht?"

Behrendt hatte wieder den Kopf mit beiden Händen abgestützt und blickte Axel mit zusammengezogenen Augenbrauen sorgenvoll an.

„Vor allem ist Uran zu Kernspaltung in der Lage. Das macht unter anderem den Arbeitsprozess in Kernkraftwerken möglich."

In seinem leichten Dämmerzustand erinnerte sich Axel an den gelben Anti-Atom-Aufkleber, den er auf seinem ersten Moped kleben hatte und an seine erste Freundin Beate, die als Sozia auf dem Moped mit ihm zu einer Demo gegen die Wiederaufbereitungsanlage in Wackersdorf gefahren war. Axel versuchte, sich an das Gesicht von Beate zu erinnern, aber aus irgendeinem Grund drängte sich ein anderer Begriff aus der Zeit damals nach vorne.

„Und was bedeutet noch mal „Kritische Masse"?"

Behrendts Augenbrauen zogen sich noch ein wenig mehr zusammen.

„Wenn die kritische Masse erreicht ist, kommt es bei der Kernspaltung zu einer Kettenreaktion."

Axel blickte ausdruckslos vor sich hin. Falls Behrendt ihm damit etwas Besonderes mitteilen wollte, hatte er es nicht verstanden. Behrendt bemerkte seinen Blick.

„Eine unkontrollierte Kettenreaktion ist eine Bombe."

Axel richtete sich auf. Jetzt hatte er verstanden. Im selben Augenblick schoss ihm ein wüster Schmerz in das linke Bein und ein heftiger Krampf ließ es starr wie ein Holzbein werden. Axel katapultierte sich mit den Armen und dem zweiten Bein aus dem Sessel, stützte sich an Behrendts Schreibtisch ab und versuchte fluchend, das verkrampfte Bein zu strecken. Behrendt blickte ihn entsetzt an.

„Krampf!", stieß Axel zwischen zusammengebissenen Zähnen hervor.

„Krampf, Krampf, Krampf!"

Tränen schossen ihm aus den Augen herunter. Er zappelte und atmete gepresst. Endlich ließ der Schmerz nach. Er hüpfte noch ein wenig auf einem Bein durch den Raum, dann ließ er sich vorsichtig wieder in den Sessel gleiten.

„Sport ist Mord. Was tut man nicht alles für einen Kollegen. Einen Kollegen, der möglicherweise in eine Tötung aus Notwehr und den Handel mit Bombenmaterial verwickelt ist."

„Schulz als Uran-Händler? Gute Güte, da erinnern sie mich an etwas. Was haben Sie mir von dem Überwachungsvideo aus dem Parkhaus erzählt? Da gab es doch einen Behälter."

„Ja, ein kleines Ding, sah aus wie aus Edelstahl. Passt nicht viel rein. Warum?"

„Ich habe vor einigen Wochen die interne Mitteilung erhalten, dass in den Tiefen unseres Asservatenraums in einem Safe eine geringe Menge strahlendes Material gelagert wird. Keine Ahnung, wer im Haus das Material zu welchem Zweck angefordert hat, jedenfalls werden alle Vorgesetzten informiert, sobald sowas hier gelagert wird."

„Können Sie herauskriegen, ob das Strahlenpaket noch im Keller liegt?"

Behrendt antwortete nicht, sondern griff sofort zum Telefon.

Axel driftete wieder ein wenig ab, während Behrendt mit auffallend beiläufiger Stimme ein Gespräch führte. Es vergingen einige Minuten, in denen Behrendt mit dem Hörer am Ohr dasaß und offensichtlich abwartete.

„Hm, ja, interessant. Vielen Dank für die Auskunft."

Behrendt legte auf und blickte mit leerem Blick aus dem Fenster, Axel wurde ungeduldig.

„Und? Strahlt der Safe noch?", fragte er und hoffte auf eine andere Antwort, als er Behrendts Blick nahelegte.

„Der Asservatenkammer entnommen. Vor vier Tagen. Von dem Kollegen Sören Schulz."

Axel ließ Luft aus aufgeblasenen Backen. Das Ganze wurde ihm langsam eine Nummer zu groß.

„Wenn Schulz tatsächlich Uran unterschlagen hat und damit handeln will, was meinte dann Volkmann mit seiner Bemerkung? Will er Schulz das Uran abnehmen und es selbst verkaufen? Oder hat er vielleicht Schulz bereits kaltgestellt, um das Material in die Finger zu bekommen?"

Behrendt war mittlerweile mit dem aufgestützten Kopf tief heruntergerutscht. Er sprach tonlos, während er auf die Tischplatte vor sich starrte.

„Ich muss mich an eine vorgesetzte Behörde wenden. Vielleicht außerhalb der Kölner Polizei. Keine Ahnung, wie ich das mache, für so was gibt es keinen Dienstweg. Lassen Sie mich mal ein wenig herumtelefonieren, ich melde mich dann zurück."

„Ich hasse mich für diesen Vorschlag, aber lassen Sie doch bei der Gelegenheit gleich den Abdruck auf der Patronenhülse aus dem Parkhaus mit den Fingerabdrücken von Schulz vergleichen, Behrendt. Es wäre ja zu schön, wenn sich herausstellen würde, dass Schulz nicht mit dem Todesschützen identisch ist."

Axel stand mühsam auf und hinkte vorsichtig aus dem Büro. Der Weg bis zu seinem eigenen Büro war ihm noch nie so weit vorgekommen. Er kam an Dünnes offener Bürotür vorbei und lehnte sich gegen den Türrahmen. Dünne saß vor seinem Schreibtisch, die Beine auf der Tischplatte und telefonierte. Er winkte Axel zu, bedeutete ihm mit einer Geste, einen Augenblick zu warten und sprach wieder in das Telefon.

„Da kommt er übrigens gerade rein. Ich bestelle es ihm sofort!"

Dünne beendete das Telefongespräch, knallte den Hörer auf den Apparat und drehte seinen Stuhl zu Axel.

„Willkommen daheim, alter Freund. Du siehst beschissen aus."

„Danke, Kollege. Du auch."

Die beiden grinsten sich an. Es ging doch nichts über gute Kollegen.

„Rate mal, wer mich gerade angerufen hat", sagte Dünne und behielt dabei das Grinsen im Gesicht.

„Keine Ahnung. Deine Mutter?"

„Fast richtig geraten, aber es geht noch besser. Sören Schulz lässt dir bestellen, du sollst dein Handy einschalten, damit er dich anrufen kann."

Axel griff sofort in die Tasche der Lederkombi und holte sein Handy heraus. Nach seiner Karate-Stunde hatte er es noch nicht wieder aktiviert. Fluchend drückte er seine Pin-Nummer ein.

„Was hat Schulz gesagt? Wo ist er? Will er sich stellen?"

Dünne schüttelte den Kopf.

„Eigentlich hat er nichts gesagt. Er wollte nur wissen, wo du bist. Es war kein klassisches entspanntes Telefongespräch unter Kollegen, wenn du weißt, was ich meine. Hast du schon etwas ermittelt, wodurch Schulz entlastet wird?"

Axel starrte Dünne an und zuckte dann mit den Schultern.

„Eine klassische Entlastung des Beschuldigten ist mir leider bisher noch nicht gelungen, wenn du weißt, was ich meine. Leider eher das Gegenteil."

Axels Handy klingelte. Er hob die Hand und winkte Dünne zum Abschied zu, während er das Gespräch annahm und in sein Büro ging.

„Hallo?", sagte er, den Rücken gegen die geschlossene Tür gelehnt.

„Axel?"

Die Stimme von Schulz war angespannt, aber nicht panisch.

„Falls du versuchst, den Anruf zurückzuverfolgen: Vergiss es, ich bin kein Anfänger."

„Keine Sorge, Sören, du kannst mir vertrauen. Warum bist du untergetaucht? Du machst alles nur noch schlimmer, das weißt du. Sollen wir uns treffen und …"

„Halt das Maul, Axel! Du hörst mir jetzt zu und tust genau, was ich dir sage."

Axel schwieg. So hatte er sich den Hilferuf eines Freundes nicht vorgestellt.

„Ich will, dass du mir bis morgen Mittag Zeit gibst. Danach wird sich alles klären. Mach eine Tour mit deiner Z und übe, spät zu bremsen oder sortiere deine Comic-Sammlung neu, aber halte die Füße still. Ich will keine Ermittlungsarbeit, keine Telefongespräche und keine Recherchen von dir, bis ich mich bei dir melde. Ist das klar?"

Axel atmete einmal tief durch und erinnerte sich an ein Seminar über Verhandlungsstrategien mit Geiselnehmern, das er vor einigen Jahren besucht hatte. Regel Nummer eins lautete, auf die Aussagen des Geiselnehmers positiv zu reagieren.

„Alles klar, Sören. Ich werde tun, was du möchtest. Aber beantworte mir eine Frage: Hast du aus der Asservatenkammer Uran geklaut und versuchst du, das an Syrer oder Iraner zu verkaufen? Und hast du einen von denen in dem Parkhaus erschossen? Welche Rolle spielt Volkmann in der ganzen Geschichte?"

„Axel, das waren vier Fragen und nicht eine. Die hören sich für mich verdammt nach Ermittlungsarbeit an. Hast du vergessen, was ich gerade zu dir gesagt habe?"

Regel Nummer zwei lautete, zwischen sich und dem Geiselnehmer eine persönliche Beziehung entstehen zu lassen. Axel versuchte sein Glück.

„Mensch Sören, du bist ja ganz schön unter Druck. Wahrscheinlich musst du dich in irgendeinem Loch verstecken und kannst noch nicht einmal essen oder schlafen. Willst du, dass ich dir etwas vorbeibringe?"

Zu Axels Überraschung lachte Schulz am anderen Ende der Leitung.

„Schröder, du bist naiv. Oder dumm. Deshalb sage ich es dir noch einmal ganz deutlich: Wenn du mir bis morgen Mittag irgendwie in die Quere kommst, fährt bald jemand anderes mit deiner bekackten Z. Die hat derjenige dann aus deinem Nachlass erworben. Ich hoffe, der Spruch überfordert dein Kriminalpolizisten-Gehirn nicht."

Axel starrte auf sein Handy. Schulz hatte aufgelegt. Innerhalb einer Stunde war er jetzt zweimal nachdrücklich aufgefordert worden, keine Fragen mehr zu stellen. Axel konnte seine Fähigkeiten als Kommissar ziemlich gut einschätzen. Er war nicht brillant und er analysierte nicht messerscharf. Seine herausragende Eigenschaft war seine unstillbare Neugierde. Also würde er seine Ermittlungen für oder gegen Sören Schulz nicht unterbrechen.

Die einzige Person, die etwas über Schulz wissen konnte und außerhalb des geschlossenen SEK-Universums existierte, war die Frau auf dem Laptop von Schulz. Axel rief sich das Foto der

Frau vor Augen, dass er in Schulz' Schreibtischschublade gefunden hatte. Die Rodenkirchener Autobahnbrücke im Hintergrund legte den Ort, an dem die Aufnahme entstanden war, eindeutig fest. Axel würde einen kleinen Ausflug nach Rodenkirchen machen und sein Glück versuchen.

Draußen hatte der Tag eine erstaunliche Hitze entwickelt, das perfekte Wetter für eine kleine Ausfahrt an den Rhein. Axel grüßte durch die Fensterscheibe die Kollegen der Wache und fummelte wieder das Headset seines Handys an Ort und Stelle. Als er den Helm aufgesetzt hatte und ein Bein über die Sitzbank schwang, merkte er, wie steif sein linkes Bein nach dem bösen Krampf immer noch war. Das Herunterschalten in den ersten Gang ging ganz leicht, aber als Axel nach ein paar Metern den Schalthebel nach oben ziehen wollte, um den zweiten Gang einzulegen, verweigerte das Fußgelenk die Mitarbeit. Er musste das ganze Bein nach oben ziehen und unter Schmerzen hochschalten. Also fuhr er die meiste Zeit im dritten Gang, um so wenig wie möglich zu schalten. Nachdem er den Rhein überquert hatte, hielt er sich am Rheinufer links und rollte in einer grünen Welle die Rheinuferstraße entlang nach Süden. Auf dem Fluss waren Touristenschiffe und Motorboote unterwegs und zogen weiße Schaumlinien auf dem Wasser. Auf der anderen Flussseite schienen tatsächlich Menschen im Wasser zu sein, zumindest sah es so aus, als würden sie bis zu den Knien im Fluss stehen. Die Autobahnbrücke kühlte ihn für ein paar Sekunden mit ihrem Schatten, dann war er schon in Rodenkirchen angekommen und nahm die erste kleine Straße herunter ans Wasser. Aus der Straße wurde eine Gasse, deren Kopfsteinpflaster an Pollern endete. Am letzten Poller stand eine zitronengelbe Sportster mit schwarzen Lederpacktaschen an den Seiten. Ab hier begann ein Fußweg, auf dem Rentner und Radfahrer unterwegs waren, aber Axel lenkte die Z zwischen den Pollern durch und rollte im Schritttempo weiter. Schnell trafen ihn böse Blicke der Passanten, die ihre Hunde am Halsband festhielten, damit sie ihm nicht vor das Vorderrad laufen konnten. Eine Minute später konnte Axel die stressige Situation beenden, denn vor ihm lag die „Alte Liebe" und dieses Bootshaus war ohne jeden Zweifel der Platz, an dem das Foto aufgenommen worden war. Direkt vor der Autobahnbrücke lag das lang gestreckte Holzhaus auf dem Rhein. Er parkte die Z neben einem verrosteten Anker, steckte wieder den Helm auf den linken Spiegel und machte sich auf den Weg über den schmalen Steg, der fast zwanzig Meter weit über das Wasser führte. An Bord ging er dicht am Haus entlang nach rechts auf die Terrasse. Dieser schöne Spätsommertag verlangte dringend nach einem Aufenthalt im Freien. Axel setzte sich mit dem Rücken zum Fluss, sodass er den Gastraum fast vollständig überblicken konnte. Ein verliebtes Pärchen tuschelte in der anderen Ecke der Terrasse und im Gastraum saßen einige rüstige Rentnerinnen, aber sonst gab es keine weiteren Gäste. Ein mürrischer Kellner mit einem gelben Fleck auf dem weißen Hemd kam zu ihm und nahm die Bestellung entgegen. Es gab keinen Espresso, also bestellte Axel ein Kännchen Kaffee. Normalerweise hätte er den bekannten Spruch „Draußen nur Kännchen" angebracht, aber der Kellner machte nicht den Eindruck, als würde er sich damit ein Lächeln abringen lassen. Der Wind auf dem Fluss wehte Axel die Haare ins Gesicht, und weil er müde wurde, sobald er saß, schloss er für einen Augenblick die Augen. Der Geruch von verbranntem Diesel wehte von irgendwo herüber und eine wirre Assoziationskette brachte ihn dadurch kurz vor die erste Kurve nach Start und Ziel auf der Rennstrecke in Assen. Er tastete nach der Vorderbremse, bereit, den Bremspunkt diesmal einen Meter weiter nach hinten zu legen.

„Der Kaffee für Sie, mein Herr?"

Die Frau von dem Foto stand vor ihm, balancierte das Kännchen Kaffee mit der Tasse auf einem kleinen Tablett und lächelte ein wenig mitleidig. Axel nickte verwirrt. Er sah ihr zu, wie sie seine Bestellung vor ihm auf dem Tisch abstellte. Ohne jeden Zweifel war dies die Frau, deren Foto auf Schulz' Laptop zu sehen gewesen war. Er würde sich ihr als ein Freund von Schulz präsentieren und den Kripo-Ausweis in der Tasche lassen. Wie sollte er sie ansprechen? Die Frau drehte die Untertasse so, dass der Löffel für Axel rechts von der Tasse lag, und klemmte sich das Tablett unter den Arm.

„Danke schön", sagte Axel, sprang auf und stieß Tasse und Kännchen mit seiner heftigen Bewegung um. Fluchend dehnte er sein linkes Bein, in das ein neuer Krampf gefahren war und steif wie ein Brett unter dem Tisch klemmte.

„Mist, verfluchter! Ein Krampf, verstehen Sie? Tut mir leid."

Glücklicherweise hielt der Krampf diesmal nicht lange an, sodass er sich wieder hinsetzen konnte. Sie stand immer noch mit dem Tablett unter dem Arm vor ihm.

„Alles in Ordnung bei Ihnen? Ich dachte schon, Sie springen mir jetzt hier in den Fluss. Dabei haben Sie den Kaffee ja noch gar nicht probiert."

Axel lächelte gequält.

„Ich habe heute Vormittag ein wenig zu intensiv trainiert. Mit Volkmann, dem Karate-Lehrer der SEK-Truppe im Polizeipräsidium. Wo sonst Sören Schulz trainiert."

Die Frau hatte damit begonnen, ein paar Servietten auf der Pfütze Kaffee auf dem Tisch zu verteilen, aber jetzt richtete sie sich auf und stützte die Arme an den Hüften ab.

„Wer sind Sie? Was wollen Sie?"

Ihre Augen waren um einige Graduierungen dunkler geworden und funkelten ihn an. Ungerührt sah sie zu, wie ein

Rinnsal Kaffee seinen Weg bis zur Tischkante fand und auf Axels Kombi tropfte.

„Ich bin Axel Schröder, ein Kommissar bei der Kripo und ein Freund von Sören. Wir waren am Samstag zusammen auf der Rennstrecke in Assen. Ich mache mir Sorgen um Sören und versuche, ihm zu helfen."

Eigentlich hatte er sagen wollen, dass er von seiner Unschuld überzeugt sei, aber irgendwie war ihm das nicht über die Lippen gekommen. Er war sich nicht mehr sicher, ob Schulz unschuldig war. Die Frau biss sich auf die Lippen und schwieg.

„Sören hat mir Ihr Foto gezeigt. Ich nehme an, Sie sind miteinander befreundet. Wissen Sie, wie es ihm geht?"

Die Frau schwieg noch immer, aber sie schüttelte den Kopf. Wenigstens verweigerte sie die Kommunikation nicht vollständig.

„Schulz braucht jede Hilfe, die er kriegen kann. Seine Vorgesetzten haben ihn fallen lassen. Wenn Sie irgendetwas wissen, sollten Sie es mir sagen. Ich bin hier nicht als Kommissar, sondern als sein Freund und Biker-Kollege."

Sie schwieg noch immer. Axel blickte über den Fluss auf das Ufer. Das Gelb der Harley leuchtete in der Sonne. Axel wagte einen Schuss ins Blaue..

„Ist das Ihre Sportster da drüben? Ein feines Motorrad."

Sie blickte zum Fußweg, wo seine Z stand. Endlich brach sie ihr Schweigen.

„Sie sollten die Kawasaki dort nicht stehen lassen. Kollegen von Ihnen sind auf dem Fußweg unterwegs, die schreiben Ihnen ein Knöllchen."

Sie blickte wieder auf den kleinen See aus Kaffee, der sich auf dem Tisch ausgebreitet hatte.

„Ich holen Ihnen einen neuen Kaffee und sage meinem Kollegen Bescheid, dann kann ich mich für einen Moment zu Ihnen setzen."

Sie verschwand nach drinnen, kam schnell wieder zurück und reichte ihm einen kleinen Eimer mit Wasser und einen Lappen. Axel legte den Tisch trocken und rieb sich die Kaffeeflecken von der Kombi. Bald darauf war sie mit einem neuen Kännchen zurück und rutschte auf den Stuhl ihm gegenüber.

„Ich bin Sabine. Sören habe ich zuletzt am Freitag gesehen. Da ging es ihm gar nicht gut. Er wollte mir nicht sagen, was passiert war, aber irgendetwas hatte ihn unglaublich aufgewühlt. Ich glaube, er hat in der Nacht zuvor nicht schlafen können. Zuletzt gesprochen mit ihm habe ich am Sonntag. Ich solle mir keine Sorgen machen, aber wir könnten uns ein paar Tage nicht sehen."

„Wie lange kennen Sie Sören schon?"

„Ungefähr neun Monate. Er kam regelmäßig hier her. Ist ja nicht weit weg von seiner Wohnung."

„Hat sich Sören in dieser Zeit verändert? Ist Ihnen irgendetwas an ihm aufgefallen?"

Sie zuckte mit den Schultern.

„Das ist schwer zu sagen, wenn man jemanden gerade kennengelernt hat, ist ja erst einmal alles neu. Sören war in letzter Zeit häufig verschwunden, weil dies sein Einsatz erforderte. Ich weiß, was für eine Art Polizist Sören ist. Er war wohl an einer großen Sache dran und deshalb ganz schön aufgeregt. Aber er hat mir natürlich nichts davon erzählt. Im Gegenteil, er achtet streng darauf, das Private und das Berufliche voneinander zu trennen. Ich sollte zum Beispiel nicht zeigen, dass ich ihn kenne, als er neulich hier mit jemandem saß."

„Sören hat hier jemanden getroffen? Wie sah der aus?"

„Ach, das war vielleicht gar kein beruflicher Kontakt, der Mann war auch Motorradfahrer. Allerdings war der nicht besonders freundlich, der hat kein einziges Mal gelächelt. Lag vielleicht auch an der Mentalität."

„Mentalität? Wieso, was war das für ein Mensch?"

„Der sah ziemlich türkisch aus, oder so. Und sprach auch mit solch einem Akzent. War jedenfalls obercool, fast schon Furcht einflößend. Zumindest ging das mir so."

Axel war fassungslos. Schulz hatte den Kontaktmann im Hafenbahnhof und auf der Alten Liebe getroffen. Das sah alles andere als nach einer Trennung von Privatem und Beruflichem aus. Axel hatte im Gegenteil den Eindruck, die beiden Welten, in denen Schulz lebte, hätten sich viel zu sehr überlagert.

„Wissen Sie, dass Sören regelmäßig Aufputschmittel nimmt?"

Ihre Verblüffung schien echt zu sein.

„Sören und Speed? Quatsch, niemals! Der hat von ganz alleine schon genug Quecksilber im Blut, der braucht keine Chemie."

Axel sah die junge Frau am Tisch vor sich an. Ob sie sich mit Drogen und ihrer Wirkung auskannte? Konnte man in einer Beziehung die Persönlichkeitsveränderung übersehen, die der regelmäßige Einsatz von Chemie im Großhirn auslöste? Sabine wirkte wach und energisch. Sie würde sich die Ich-Bezogenheit und Aggression eines Amphetamin-Schluckers nicht ohne Weiteres gefallen lassen. Aber das war letztendlich schwer zu beurteilen.

„Haben Sie eine Idee, wo sich Sören seit Samstag aufhält? Der Transporter steht vor seiner Wohnung, nur die Superduke fehlt. Hat er einmal eine weitere Wohnung oder sonst einen Unterschlupf erwähnt?"

Axel sah sofort, dass sie etwas wusste, aber nicht sicher war, ob sie ihm vertrauen sollte. Er lehnte sich zurück und versuchte, einen neutralen Gesichtsausdruck zu finden. Er hatte keinen Trumpf mehr, denn er ausspielen konnte, um ihr Vertrauen zu gewinnen. Sie schwieg und starrte an ihm vorbei auf den Fluss. Der Tag hatte seine sommerliche Kraft verbraucht und man konnte plötzlich spüren, wie schnell es kalt werden würde.

„Sören hat einmal etwas erwähnt. Ein Versteck, an dem wir uns treffen können, wenn er es mir signalisiert. Das hat er bisher noch nicht getan. Deshalb werde ich Ihnen den Ort auch nicht nennen. Es wäre sonst so, als würde ich Sören verraten."

Axel nickte. Genau so würde er sich an ihrer Stelle auch verhalten. Hoffentlich hatte er bald die Gelegenheit, Sören zu seiner Freundin zu gratulieren. Axel suchte seine Visitenkarte hervor und schob sie über den Tisch.

„Bitte rufen Sie mich an, falls Sie von Sören hören. Oder falls Sie Ihre Meinung ändern. Glauben Sie mir, er hat im Moment niemanden, dem er vertrauen kann, außer mir. Und Ihnen."

Sie nahm die Karte, steckte sie in ihre Börse und stand auf.

„Das sind dann zwei Kännchen Kaffee, das macht neun Euro genau."

Wach und energisch, zweifellos. Axel zückte sein Portemonnaie.

„Stimmt so. Ist die Harley nicht ein wenig zu schwer?"

Er sah sofort, dass er etwas Falsches gesagt hatte.

„Zu schwer? Warum? Weil ich eine Frau bin? Machen Sie sich mal keine Sorgen um mich als Motorradfahrerin. Wie fanden Sie Sören in Assen?"

Axel war von dieser Gegenfrage überrascht.

„Hm, was soll ich da sagen? Ich würde gerne so fahren können."

„Na, sehen Sie. Dasselbe hat Sören zu mir auch gesagt. Nachdem ich ihn in Assen mit meiner Daytona 675 überholt habe."

Axel lachte.

„Okay, verstehe. Und bitte um Entschuldigung. So eine Harley hinterlässt schnell mal einen falschen Eindruck."

Sie entließ ihn wohlwollend. Axel kämpfte sich leicht hinkend über den Steg zurück an Land zu seiner Z. Er war noch mit dem Handy-Headset beschäftig, als er hinter sich Motorgeräusch hörte. Er fuhr lange genug Motorrad, um an dem Sound eine BMW erkennen zu können.

„Parken auf einem Fußweg und telefonieren während der Fahrt macht zusammen 65 Euro und mindestens einen Punkt in Flensburg, Kommissar."

Axel drehte sich um und erkannte unter dem Polizei-Klapphelm Paul wieder, der seine BMW gerade ausschaltete.

„Dem Auge des Gesetzes entgeht in dieser Stadt nichts. Für den Anblick dieser schlecht sitzenden grünen Kombi zahlst du mir aber mindestens das Doppelte an Schmerzensgeld, Paul."

„Na gut, dann sagen wir, wir sind quitt. Hast du im Laufe des Tages den Kollegen Schulz finden und entlasten können?"

Axel musste zu seinem eigenen Leidwesen den Kopf schütteln.

„Es war zwar ein aufregender Tag, aber viel Entlastendes habe ich leider nicht finden können. Und Schulz auch nicht. Der ist ziemlich sicher irgendwo in der Stadt. Unterwegs ist er mit einer Superduke, also eigentlich auffällig genug für dich und deine Kollegen. Vielleicht gibst du denen durch, dass sie sich bei mir melden sollen, falls sie Schulz oder eine Superduke sehen. Das ist übrigens keine offizielle Fahndung. Ich möchte auf keinen Fall, dass das SEK den Funkspruch mitbekommt. Geht das?"

„Das habe ich mir schon genau so gedacht. Ich vereinbare mit den Kollegen von der Motorradstaffel ein Codewort für unseren Freund. Und melde mich bei dir auf deinem Handy, falls wir ihn sehen. Das solltest du also immer eingeschaltet lassen."

Paul drohte mit dem Zeigefinger.

„Aber wenn es klingelt, fährst du sofort rechts ran!"

„Klar doch, Herr Wachtmeister. Wahrscheinlich halte ich vor Schreck sowieso an, sobald es klingelt."

Axel sah Paul hinterher, der seine BMW im Schritttempo den Rhein entlangrollen ließ und für Recht und Ordnung sorgte. Irgendwann würde er ihn fragen, welches Motorrad sich Motorradpolizisten eigentlich im Geheimen als Dienstmotorrad wünschen. Dieser Gedanken führte Axel auf direktem Weg zu den Worten Straßenmotorrad und Rennmotorrad. Er startete die Z. Zeit, dem Motorradhändler Nehls und seiner rennstreckentauglichen ZX-10R einen Besuch abzustatten.

13.

Nehls stand mit verschränkten Armen hinter der Glastür zu seinem Laden und beobachtete Axel, der die Z abstellte und den Helm abnahm. Betont langsam schlenderte Nehls anschließend nach draußen.

„Hallo Herr Schröder, so schnell hätte ich nicht wieder mit Ihnen gerechnet. Alles gut gegangen in Assen?"

„Gut gegangen ist untertrieben. Es war großartig! Die Z hat sich tapfer geschlagen, aber je schneller ich wurde, desto mehr wackelte sie."

Axel sah Nehls dabei zu, wie er sich neben das Hinterrad hockte und mit den Fingern über die Flanke des Reifens ging.

„Hier ist noch ein ungenutzter Streifen Gummi am Rand des Reifens. Sie wollten wohl sparsam mit dem Material umgehen? Da ist noch mehr Schräglage drin und höhere Kurvengeschwindigkeit. Beides fällt natürlich mit der großen Ninja aus meiner Werkstatt wesentlich leichter."

Axel registrierte zwar, wie heimtückisch Nehls ihn zuerst auf seine fahrerischen Schwächen hinwies, um ihm dann ein Motorrad zum Kauf anzubieten, das all diese Schwächen ausgleichen würde, aber der Verkaufstrick funktionierte trotzdem. Wenn er ganz ehrlich war, hatte ihn genau dieser Gedanke hierher gelockt.

„Na, dann erzählen Sie mir doch mal von den Eckdaten der Ninja. Wie alt ist die, wie viele Kilometer hat die runter und was ist sie noch wert, in diesem Zustand?"

Axel sah fasziniert zu, wie Nehls tief Luft holte und dazu ansetzte, ihn mit ausgeklügelten Argumenten zu überzeugen, so wie eine Spinne eine Fliege einwickelt, die ihr ins Netz gegangen ist. Nehls öffnete den Mund und ein leises Piepgeräusch ertönte. Axel machte große Augen. Nehls hatte anscheinend ein ungewöhnliches Problem mit seiner Atmung.

„Alles in Ordnung bei Ihnen, Nehls? Was machen Sie für merkwürdige Geräusche?"

Nehls ließ hörbar die angestaute Luft ab und zeigte dabei auf Axels Brust.

„Bei Ihnen piept es, nicht bei mir. Ihr Dings, das da aus Ihrer Kombi hängt."

Axel sah an sich herunter und starrte überrascht auf den kleinen Kopfhörer seines Headsets, der erbarmungswürdig vor sich hinpiepste. Er stopfte sich den Knopf ins Ohr, winkte Nehls entschuldigend zu und kämpfte mit den kleinen Bedienungsknöpfen, bis er den Anruf entgegennehmen konnte.

„Schröder!"

Wie in der Anfangszeit des Handybooms, als ein Mobilfunkgespräch noch etwas Futuristisches an sich hatte, schrie Axel in das unsichtbare Mikro am Headset, als könnte ihn sein Gesprächspartner nur dann einigermaßen verstehen.

„Hallo Schröder, warum schreien Sie so? Hier ist Behrendt. Alles in Ordnung bei Ihnen?"

Genau das hatte Axel vor einer Minute erst Nehls gefragt.

Vielleicht war die moderne Kommunikationstechnologie für Menschen seines Alters doch ein wenig zu verwirrend.

„Ja, Behrendt, Entschuldigung. Hier ist alles gut. Was gibt es Neues?"

„Im Prinzip ist mir von höherer Stelle verboten worden, weiter in Sachen Sören Schulz zu ermitteln. Ich soll die Hände in den Schoß legen und mich mit anderen Fällen beschäftigen. Das hat man mir unmissverständlich mitgeteilt, wenn auch merkwürdigerweise nicht offiziell. Die Weisung liegt mir nicht schriftlich vor. Trotzdem gilt sie übrigens genau so für Sie wie für mich. Die interessante Info kam dann zwischen den Zeilen, am Ende meines Gesprächs."

„Ja und, was war das? Machen Sie es nicht so spannend, Behrendt."

Axel staunte über den Ton, in dem er mit seinem Vorgesetzten sprach. Der Druck, der auf ihnen beiden lastete, brachte sie unwillkürlich enger zusammen, als es üblich war.

„Mein Ansprechpartner kennt mich eigentlich ziemlich gut und vertraut mir. Er hat sich bei mir für seine Verschwiegenheit entschuldigt und geäußert, sie diene meinem eigenen Schutz."

Axel starrte auf die Spitzen seiner Motorradstiefel und versuchte, die versteckte Botschaft in dieser Aussage zu verstehen. Seine Konzentrationsfähigkeit hatte mittlerweile die Halbwertszeit von Millisekunden und sein Gehirn fühlte sich dabei irgendwie wund an. Sehr lange würde ihn Koffein nicht mehr auf Trab halten. Er sehnte sich nach Schlaf.

„Tut mir leid, Behrendt, ich stehe auf dem Schlauch. Wie interpretieren Sie diese Aussage?"

„Was ich nicht weiß, kann ich auch niemanden weitersagen. Irgendwo im Präsidium gibt es eine undichte Stelle und man will ausschließen, dass ich in Verdacht gerate."

„Eine undichte Stelle?"

Axel hatte wieder viel zu laut gesprochen. Nehls, der immer noch ein paar Schritte neben ihm stand, drehte sich um und blickte herüber. Axel machte eine abwehrende Handbewegung, woraufhin Nehls nickte und zurück in den Laden ging. Diesmal sprach Axel übertrieben leise in das Headset.

„Was meinen Sie damit, Hauptkommissar?"

„Angenommen, die Kriminellen, mit denen Schulz über das Uran verhandelt hat, kennen Interna über die Ermittlungen. Dann kann Schulz selbst der Verräter sein. Oder jemand anderes bei uns."

Axel starrte wieder mit leerem Blick auf seine Stiefelspitzen. In seinem Kopf rauschte es und er hoffte, dass die Telefonverbindung und nicht sein Hirn dafür verantwortlich war. In der Presse war Schulz unterstellt worden, die Seite gewechselt zu haben. Aber vielleicht sollte mit dieser Meldung nur der wirkliche Verräter in den eigenen Reihen beruhigt werden? Am anderen Ende der Leitung räusperte sich Behrendt.

„Na, diese Möglichkeit macht Sie offenbar genauso sprachlos wie mich, Schröder. Ich weigere mich zwar aus reinem Trotz, der Weisung meines Ansprechpartners einfach so zu gehorchen. Aber ich habe im Moment auch überhaupt keine Idee, in welche Richtung wir noch ermitteln könnten. Sie müssen ganz schön kaputt sein, Schröder. Ich schlage vor, Sie fahren nach Hause und schlafen sich erst einmal aus. Morgen früh sehen wir weiter."

Axels spontane Reaktion war es, Behrendt widersprechen zu wollen. Jede weitere Stunde zementierte die Verurteilung von Schulz und machte ihn zum Schuldigen. Aber Behrendt hatte in seinem Satz das Wort „schlafen" benutzt und dieses Wort übte auf Axel eine magnetische Wirkung aus.

„Gut, wenn Sie meinen, Hauptkommissar. Ich lege mich dann zuhause ein wenig aufs Ohr. Bitte rufen Sie sofort an, falls sich etwas Neues ergibt."

Axel fummelte am Schalter des Headsets und legte auf. Er ging die lange Reihe der Kollegen durch, die mehr oder weniger über die Arbeit von Schulz Bescheid wussten. Wer von ihnen wäre in der Lage, einen Kollegen ans Messer zu liefern und mit syrischen oder iranischen Uran-Schiebern zusammenzuarbeiten? Axel schüttelte unwillkürlich den Kopf. Er konnte sich das bei keinem von ihnen vorstellen. In Gedanken versunken trottete er in den Laden und suchte Nehls. Der stand in der Werkstatt vor der demolierten Ninja und versuchte, aus einem großen Umschlag mit Zündschlüsseln den richtigen herauszufischen.

„Ärger, Herr Kommissar?"

Axel wunderte sich über sich selbst. Es fehlte nicht viel, und er hätte sich mit einem ehemaligen Straftäter über die Moral der Kölner Polizei ausgetauscht. Nehls war ein meisterhafter Psychologe, aber Axel würde ihm noch eine Weile widerstehen. Zumindest, was die undichte Stelle im Polizeipräsidium anging.

„Nein, nein, alles in bester Ordnung. Ich weiß auch nicht mehr, als Sie wissen."

„Genau das habe ich Ihrem Kollegen Dünne auch gesagt, als er heute Mittag bei mir war."

Axel sah Nehls irritiert dabei zu, wie er den Zündschlüssel der Ninja in das Schloss schob und die Zündung einschaltete.

„Dünne war heute hier? Was wollte er denn? Eigentlich ist der am Fall Schulz gar nicht dran."

„Der hat auch nicht direkt nach Schulz gefragt. Der wollte mich allgemein aushorchen, über was man in der Szene so redet."

„Ja, und? Über was redet man so in der Szene?"

Nehls guckte beleidigt.

„Kommissar, Sie bleiben ein schwerer Fall. Erstens, woher soll ich das wissen? Zweitens, in der Szene wird größtenteils Blödsinn erzählt. Über die interessanten Sachen schweigt man, ist doch klar."

Axel nickte und klopfte Nehls auf die Schulter.

„Schon gut, Herr Motorradhändler. Meine Frage war auch nicht wirklich ernst gemeint. Aber warum ist an diesem Schrotthaufen hier die Zündung eingeschaltet? Wollen Sie mir zeigen, dass die Hupe noch funktioniert? Wahrscheinlich ist außer der Hupe an diesem Totalschaden nichts mehr zu gebrauchen."

Statt einer Antwort drückte Nehls auf den Anlasser. Das heisere Brüllen des großen Motors erfüllte die Werkstatt und wurde von den kahlen Wänden zurückgeworfen. Die übrigen Mechaniker in der Werkstatt drehten sich um und blickten zur Ninja. Axel bemerkte einen begeisterten Glanz in ihren Augen und realisierte dann, dass auch er irgendwie verzückt auf den zerklüfteten Motor blickte. Die pure Lautstärke des Verbrennungsmotors löste wahrscheinlich einen Adrenalin-Kick aus, mit dem ein normaler Homo sapiens möglichst schnell aus dem lärmenden Gefahrenbereich fliehen sollte. Nur bei ihm und den anderen armen Irren in der Werkstatt war etwas schief gelaufen, sodass sie jetzt mit dem überflüssigen Adrenalin im Blut grinsend vor der Ninja standen und sich dem Lärm hingaben. Nehls gab noch einmal entschlossen Gas und schaltete dann den Motor wieder aus.

„5.000", sagte er.

„Und Einkaufspreise bei Verkleidung und allem Anderen, was für die Rennstrecke nötig ist."

Axel versuchte, einen empörten Gesichtsausdruck zu produzieren, war dafür aber viel zu müde. Eigentlich fand er den Preis auch einigermaßen in Ordnung. Wenn Nehls ein guter Verkäufer war, dann war Axel ein einfaches Opfer. Eine gefährliche Kombination.

„Glücklicherweise habe ich das Geld nicht. Dabei."

Nehls und er grinsten sich an. Wieder war Nehls schlau genug, nicht weiter in ihn zu dringen. Wahrscheinlich war Axel ein Fisch am Haken und alle außer ihm selbst konnten das sehen. Axel verabschiedete sich kurz und knapp und sah zu, dass er den Ort der Versuchung verließ.

Die Fahrt mit der Z nach Hause war kein Spaß, weil der Feierabendverkehr langsam einsetzte und auf der Bonner Straße bis zum Verteilerkreis Schritttempo erzwang. Axels Müdigkeit sorgte aber für eine solide Grundentspannung, die ihn gleichmütig von Ampel zu Ampel rollen ließ. Am Verteilerkreis konnte er den Verkehr hinter sich lassen und in das Wasserwerkswäldchen abbiegen. Auf ihn warteten nun die vier Kurven, mit denen er jeden Morgen auf dem Weg zum Präsidium seinen Tag begann und die an jedem Abend dem Tag einen freudigen Abschluss gaben, egal wie schlecht der gelaufen war. Die Müdigkeit fiel von ihm ab, als er auf dem langen Stück vor der ersten Kurve voll beschleunigte, mit knapp 120 Stundenkilometern am 30-km/h-Geschwindigkeitsbegrenzungsschild vorbeiflog und mit Händen und Füßen arbeiten musste, um in vertretbarem Tempo an der ersten Kurve anzukommen. Seit einigen Jahren legten zwei durchgezogene Mittellinien nahe, diese Kurven nicht zu schneiden und auch wenn Axel bereit war, diese Vorschrift zu ignorieren, so hatte er doch ausgeprägten Respekt vor den Bussen der Kölner Verkehrsbetriebe, die formatfüllend auf der anderen Fahrbahn entgegenkommen konnten. Also durchfuhr er die Kurve in maximaler Schräglage, aber brav mittig seiner Fahrbahn. Noch hingen alle Blätter der Sträucher und Bäume in sommerlicher Pracht an den Ästen, sodass Axel auch den Verlauf der folgenden Kurven nicht einsehen konnte und sicherheitshalber auf seiner Seite blieb. Trotzdem bemerkte er deutlich, wie sehr die Fahrpraxis der letzten Tage seinen Fahrstil verändert hatte. Ein später Bremspunkt und die darauf folgende Schräglage, die noch vor gar nicht so langer Zeit bei ihm einen Schweißausbruch ausgelöst hätten, ließen ihn nun unbeeindruckt. Die letzte Kurve vor der Autobahnbrücke lag vor ihm und er versuchte, seine beiden Finger auf der Vorderradbremse unter Kontrolle zu halten. Die Finger durften auf dem Bremshebel liegen, aber das sollte reichen, um dem zuständigen Koordinations-Zentrum in seinem Hirn den Eindruck zu vermitteln, die Lage sei nicht bedrohlich. Es gab keinen Grund zu bremsen, auch wenn über seine Sehnerven ständig Informationen über seine Geschwindigkeit und die Entfernung zur Kurve an sein Gehirn gemeldet wurden und dort allmählich alle Warnglocken klingelten. Axel wusste, dass er nicht zu schnell für diese Kurve war, aber seine Instinkte glaubten es ihm nicht. Seit vielen Millionen Jahren kannten sie als maximale Geschwindigkeit das Tempo eines laufenden Menschen, und der Speed, mit dem sich Axel gerade auf die Engstelle der Kurve zubewegte, lag ganz eindeutig darüber. In der Sekunde, in der Axel auf die Kurve zufuhr und seine Finger zu kontrollieren versuchte, lieferten sich sein Kleinhirn und sein Großhirn eine wüste Schreierei, pöbelten sich an und beschuldigten sich gegenseitig der Inkompetenz. Sein Großhirn setzte sich schließlich brutal über die Instinkte hinweg und zwang die Finger, sich nicht zu krümmen. Das Kleinhirn schüttete in lauter Panik so viele Endorphine wie möglich aus, um die Schmerzen des unabwendbaren Sturzes erträglich zu machen und vielleicht eine letzte Chance auf eine Fahrkorrektur zu nutzen. Die Z umzirkelte unbeeindruckt die Kurve und rollte ohne einen Bremsvorgang über die Autobahnbrücke. Die Endorphine polterten ungenutzt durch Axels Stoffwechsel und verteilten sich flächendeckend über alle Empfindungen. „Schöne Kurve", dachte Axel. „Motorradfahren ist echt geil."

Als er kurz darauf die Z vor seiner Garage abstellte, fühlte er sich wie ein Matrose, der nach fünf Jahren auf hoher See nach Hause zurückkehrt. Die zurückliegenden 36 Stunden waren ziemlich intensiv gewesen. Der Muskelkater seines Karate-Trainings hatte sich zu einer allgemeinen Muskelstarre in den Beinen ausgewachsen, sodass Axel nun breitbeinig wie John Wayne um die Z herumstapfte, während er versuchte, den Tankrucksack abzumontieren. Wie nicht anders zu erwarten, winkte ihm die Nachbarin durch ihr Küchenfenster zu und stand kurz darauf in den Wanderstiefeln vor ihm. Wenn Neugierde ein Ausdruck von Jugendlichkeit war, dann musste die Nachbarsfrau Anfang zwanzig sein.

„Na aber Herr Schröder, schon wieder zurück? Ist das fremdländische Essen so schlecht? Oder waren die Franzosen zu unfreundlich?"

Axel lächelte auf die alte Dame herab, die mit funkelnden Augen vor ihm stand. Tatsächlich war er seit dem Auszug von Renate froh, nicht in einer anonymen Hochhausburg zu leben, sondern verhaltenen Kontakt zu Nachbarn wie ihr zu pflegen.

„Nein, liebe Frau, weder das Essen noch die Franzosen beziehungsweise die Französinnen sind schuld. Der Dienst hat mich zurückgerufen."

Bei dem Wort „Französinnen" horchte die Frau auf. Axel wurde klar, dass er einen Fehler gemacht hatte, denn die Nachbarin versuchte seit einiger Zeit, sein Single-Dasein zum Thema zu machen. Er wusste, was sie nun sagen würde und sie bediente ihn auch prompt.

„Also Herr Schröder, es geht mich ja nichts an, aber ..."

Sie stockte, weil Axel lauthals lachte, ignorierte das Lachen dann aber doch.

„Das ist doch kein Zustand, so ein netter junger Mann und dann alleine in dem großen Haus. Da muss doch eine weibliche

Hand her, sonst geht alles drunter und drüber im Haus. Ob allerdings eine Französin da die richtige Lösung ist. Die gehen doch den ganzen Tag nur einkaufen."

Axel spürte die Müdigkeit, wie sie ihm die Beine hochkroch und ihn leise schwanken ließ. Er musste die Nachbarin stoppen, bevor sie sich an dem Thema festbiss. Axel legte ihr eine Hand auf die Schulter. Sie verstummte sofort und sah ihn überrascht an.

„Gute Frau, machen Sie sich keine Sorgen. Ich präsentiere Ihnen so bald wie möglich eine neue Verlobte und Sie sagen mir anschließend, was Sie von ihr halten. Aber jetzt muss ich leider reingehen. Ich erwarte einen dringenden Anruf. Dienstlich, Sie verstehen?"

Der Hinweis auf seine Arbeit war immer die Geheimwaffe, mit der er sie zum Schweigen bringen konnte. Auch diesmal funktionierte sie ausgezeichnet.

„Aber natürlich, Herr Schröder. Dienstlich, nicht wahr? Ermittlungen, Indizien, Verhöre. Kenne ich gut, ich schaue mir alle Serien im Fernsehen an. Die Polizisten in Amerika sind ja meistens viel hübscher als die in Deutschland, ist Ihnen das auch schon einmal aufgefallen? Jedenfalls, viel Erfolg!"

Axel lachte und winkte ihr zu. Die Nachbarin drehte sich um und setzte ihren Weg mit den schweren Schuhen fort.

Axel schob die Z in die Garage und verteilte das Innere des Tankrucksacks auf dem Garagenboden. Mit Bedauern dachte er darüber nach, dass einige Monate vergehen würden, bis er den Tankrucksack wieder für eine Reise würde packen können. Aber er dachte auch an den angespannten Tonfall in Schulz' Stimme während ihres Telefongesprächs. Für ihn ging es in den nächsten Tagen um mehr als um verlorene Urlaubstage. Axel streifte lustlos durch die stille Wohnung, ließ die Rechnungen in seiner Post ungeöffnet und starrte lange in das hellerleuchtete Rechteck des Kühlschranks, der ihm aber trotzdem weiterhin nur das Glas mit den Artischocken anbot. Seufzend schloss Axel die Tür. Er ging in das Wohnzimmer, um einen Blick auf den spätsommerlichen Garten zu werfen und wurde durch die Quietschgeräusche darauf aufmerksam, dass er immer noch die Motorradstiefel trug. Er setzte sich auf die Matratze, die mitten im Wohnzimmer auf dem Boden lag, und zog den linken Stiefel aus. In das Grün des Gartens drängten sich hier und da ganz verhalten einzelne Braun- und Rottöne. Das Ende des Sommers ging unaufhaltsam in den Beginn des Herbstes über. Axel zog auch den rechten Stiefel aus. Er war müde, sehr müde. Für einen Augenblick würde er sich auf den Rücken legen und auf die Geräusche aus dem Garten lauschen. Er stöhnte leise, als er sich nach hinten gleiten ließ. Die Matratze war unglaublich weich und anschmiegsam. Vögel zwitscherten. Innerhalb einer Sekunde war Axel eingeschlafen.

Auf dem Wallrafplatz standen sehr viele Männer in Karate-Anzügen stumm um die Parkbank, auf der Axel saß. Er konnte die Spitze des rechten Domturmes sehen, die über das Haus vor ihm ragte. Das Bild war allerdings unscharf und verschwommen. Das lag an dem Visier des Integralhelms auf seinem Kopf. Axel bekam zu wenig Luft, atmete stoßweise in den Helm, das Visier beschlug von innen und nahm ihm die Sicht. Er fühlte sich beklommen und versuchte, das Visier des Helms nach oben zu stoßen, um frische Luft hereinzulassen, aber der Verschluss des Visiers widerstand seinen Bemühungen. Die Männer in den Karate-Anzügen standen teilnahmslos um ihn herum und sahen ihm zu. Panik stieg in ihm auf. Axel fasste mit beiden Händen an seinen Hals, um sich den Integralhelm vom Kopf zu reißen. Auf seiner Brust lastete ein schweres Gewicht. Jemand hielt seine Hände fest und quetschte die Handgelenke zusammen. Und plötzlich war da ein sehr helles Licht.

„Keine Bewegung! Polizei! Widerstand ist zwecklos!"

Axel riss die Augen auf. Sein Traum zerplatzte blitzschnell und er fand sich in einer ähnlich alptraumhaften Wirklichkeit wieder. Er musste lange geschlafen haben, denn es war finstere Nacht. Eine sehr helle Lampe wurde ihm direkt in die Augen gehalten. Jemand schien auf seiner Brust zu knien und von beiden Seiten hielten fremde Arme seine Hände fest. Die Person, die auf ihm kniete, schrie ihn dabei unentwegt an.

„Bleiben Sie ruhig! Polizei! Keine Bewegung!"

Axel bestand nur aus Panik und Reflex. Er wand sich unter den Griffen und versuchte, nach Luft zu schnappen. Für einen Augenblick war er sich nicht sicher, ob er nicht tatsächlich einen Integralhelm trug. Aber dann war da ein kühler Gegenstand an seiner Schläfe, den er mit einem Helm auf dem Kopf nicht hätte spüren können. Ohne zu wissen, wieso er sich so sicher war, erkannte Axel den Gegenstand, der gegen seinen Schädel drückte. Axel atmete so tief er konnte und zwang sich, ruhig liegen zu bleiben. Der Druck an seiner Schläfe stammte vom Lauf einer Pistole.

„So ist es besser. Wir werden dich jetzt auf den Rücken drehen und dir Handschellen anlegen. Ich will, dass du genau so ruhig bleibst und die Hände brav auf den Rücken legst. Also, auf geht's!"

Axel spürte, wie ihn starke Hände umdrehten und seine Arme auf den Rücken zwangen. Dann hörte er das wohlbekannte Klicken der Handschellen, das er allerdings noch nie hinter seinem eigenen Rücken gehört hatte. Wenigstens war der kühle Druck an seiner Schläfe verschwunden. Der Schrecken des Alptraums wich langsam von ihm und er versuchte, mit der Situation klarzukommen.

„Was soll das? Wer seid ihr? Lasst mich los!", schrie er so laut er konnte.

„Vorsicht, Leute, der Mann redet unverständlich vor sich hin. Muss betrunken oder auf Droge sein."

Axel realisierte, dass er mit dem Kopf nach unten in sein Bettzeug geschrien hatte, und drehte den Kopf zur Seite.

„Ich bin überhaupt nicht betrunken! Mein Name ist Axel Schröder von der Kriminalpolizei Köln. Was soll das hier. Wer seid ihr, verdammte Scheiße?"

Diesmal hatten die Männer ihn verstanden und zumindest wirkte seine Äußerung so überzeugend, dass sie ihn hochhoben, umdrehten und auf den Knien wieder auf die Matratze setzten. Axel erkannte fünf oder sechs Männer in grünen Einsatzoveralls der Polizei, mit Helmen, schusssicheren Westen und Gelenkschützern, wie er es von den eigenen Kollegen kannte. Aus der Mitte trat ein großer, schlaksiger Typ einen Schritt vor und beugte sich ein wenig zu Axel herab.

„SEK-Bonn. In diesem Haus soll sich der Gesuchte Sören Schulz aufhalten. Können Sie sich ausweisen?"

Axel öffnete den Mund, um voller Empörung zu antworten, aber ein hoher, schriller Schrei ließ seine Nackenhaare hochschnellen. Ein schmaler Schatten drängte sich aus dem halbdunklen Raum nach vorne und trat zwischen ihn und den großen Typ im grünen Overall.

„Zu Hilfe! Überfall! Polizei!"

Seine Nachbarin war durch die offene Verandatür in das Zimmer geeilt, hatte sich schützend vor ihn gestellt und schrie nun mit ihrer keifenden Damenstimme um Hilfe. Sie hielt einen großen Regenschirm mit beiden Händen und schwang ihn wie ein Samurai-Schwert. Irgendwie gelang es ihr, dabei ununterbrochen das schmerzhafte hohe Geheule auszustoßen, das den Raum ausfüllte. Der große SEK-Beamte vor ihr wurde wahrscheinlich regelmäßig zu Übungszwecken dem Knall von explodierenden Schock-Granaten ausgesetzt und dennoch brauchte er einen Augenblick, um seine Fassung wiederzuerlangen.

„Alles ist gut, meine Dame! Die Polizei ist schon da. Beruhigen Sie sich!"

Dann machte er einen Fehler. Er ließ die Hände deeskalierend sinken und trat einen Schritt näher an die Nachbarin heran. Die steigerte kurzfristig die Lautstärke ihres Geheuls und trat ihm mit voller Wucht zwischen die Beine. Der Mann machte ein grunzendes Geräusch, knickte in den Knien ein und ließ sich langsam zu Boden sinken. Dort konnte er in aller Ruhe ansehen, was in der Zwischenzeit auch Axel aufgefallen war. Seine Nachbarin trug immer noch die schweren Wanderstiefel für den Ausflug mit dem Eifelverein. Axel befürchtete, der Gewaltausbruch seiner Nachbarin könnte die Situation eskalieren lassen und wollte gerade abwiegelnde Erklärungen loslassen, als sein linkes Bein, durch das Sitzen auf den Knien überstrapaziert, in einen neuen schweren Krampf verfiel. Er wälzte sich auf den Rücken, zappelte so gut es ging, um das Bein zu entspannen und stöhnte zwischen zusammengebissenen Zähnen. So anstrengend das auch war, zumindest brach sein Gezappel das Eis. Er war eindeutig keine Person, von der eine Gefahr ausging. Einer der Männer kniete sich neben ihn und hielt seinen Kopf fest.

„Der Mann hat einen epileptischen Anfall. Besser ist, ihr ruft einen Sanitäter. Unser Kollege hier könnte den wahrscheinlich auch gebrauchen. Das war ein sauberer Blattschuss. Und Sie bleiben ganz entspannt, Oma! Keiner tut ihnen was. Wir sind die Guten, wir sind von der Polizei."

„Und warum überfallen Sie dann mitten in der Nacht einen Kollegen von Ihnen? Herr Schröder ist Schutzmann bei der Kölner Polizei."

Die Nachbarin hielt ihren Regenschirm weiter schlagbereit, als sie dem Beamten antwortete. Als Oma angesprochen zu werden, hatte für sie eindeutig nicht zu einer Deeskalation beigetragen. Axel versuchte wieder, in das Geschehen einzugreifen und es gelang ihm, trotz des Schmerzes in seinem Bein einigermaßen klar zu formulieren.

„Ich bin kein Epileptiker, ich habe einen Krampf im Bein. Außerdem bin ich Kommissar Axel Schröder von der Kölner Kripo. Mein Ausweis ist hier in der Brusttasche meiner Lederkombi. Das da ist meine Nachbarin, eine unbescholtene Bürgerin, die unter seniler Bettflucht leidet und die sie erschreckt haben. Und Sören Schulz ist nicht in dieser Wohnung, den suche ich selbst. Wie sind sie überhaupt darauf gekommen, in meine Wohnung einzudringen? Und was macht das SEK aus Bonn hier in Köln?"

Der Mann neben ihm öffnete vorsichtig die Tasche und holte seine Brieftasche hervor. Er hielt den Kripo-Ausweis in die Höhe, sodass die anderen Beamten im Raum ihn sehen konnten. Endlich signalisierte die Körpersprache der Anwesenden eine merkliche Entspannung. Die einzige Ausnahme war der lange Kerl auf dem Fußboden, der immer noch in Embryonal-Haltung auf der Seite lag und leise mit sich selber sprach.

„Wir haben einen Hilferuf von unseren Kölner Kollegen bekommen, die sind in Köln im Einsatz und können nicht selbst aktiv werden. Ein anonymer Hinweis hat nahegelegt, dass der Gesuchte Sören Schulz hier einen Unterschlupf hat. Aber das war wohl eine Fehlinformation."

Der Mann half Axel dabei, sich auf den Bauch zu drehen und nahm ihm die Handschellen ab. Axel richtete sich vorsichtig auf und stützte sich mit den Händen auf den Knien vornübergebeugt ab. Der lange Kerl hatte sich ebenfalls berappelt und stand in derselben Haltung neben ihm. Axel drehte seinen Kopf zu ihm hin, während er vorsichtig sein Bein massierte.

„Ein Scheißtag, was?"

Der Mann stöhnte zustimmend und zeigte mit dem Kopf zu

der Nachbarin, die von anderen Beamten in ein Gespräch verwickelt wurde.

„Sind alle Kölner Omas so wie die? Für diese Schuhe braucht die Frau einen Waffenschein!"

Axel nickte grimmig. Jemand hatte ihm eine Nachricht zukommen lassen, aber der Überbringer der Nachricht war mit keinem guten Trinkgeld dafür belohnt worden. Der Inhalt der Nachricht war immerhin unmissverständlich: Halt dich aus dem Fall Sören Schulz heraus, sonst gibt es Ärger! Axel spürte an seiner Schläfe noch das kalte Metall, das dort Druck ausgeübt hatte. Eine unglaubliche Wut stieg in ihm hoch. Wer immer ihn einschüchtern wollte, hatte einen Fehler gemacht. In seiner eigenen Wohnung von anderen Polizeibeamten bedroht zu werden, war einfach zu viel. Er würde sich auf gar keinen Fall einschüchtern lassen! Er wollte den Verantwortlichen für all das vor sich haben und ihm den Schrecken heimzahlen. Er würde dafür sorgen, dass Volkmann und seine blasierten Muskelmänner in einem Knast landeten, der voll war mit zornigen Männern, die sie selbst dorthin gebracht hatten. Axel blieb schweigsam, während die Bonner SEK-Leute sich bei ihm und der Nachbarin entschuldigten. Die Männer waren für die Falschmeldung und den Einsatz nicht verantwortlich, aber die Wut schnürte Axel die Stimme ab. Langsam leerte sich seine Wohnung wieder. Er setzte sich auf die Matratze und versuchte, seine Atmung zu regulieren. Es war mitten in der Nacht und er wollte unbedingt so schnell wie möglich wieder in tiefen und erholsamen Schlaf fallen. Der Garten lag in einem blauen Schwarz vor ihm. Sehr zart zeigte sich das erste Licht des Tages am Horizont. Eine Amsel begann, einige Gärten weiter jubilierend zu singen. Axel seufzte. Er war sich sicher, er würde nicht wieder einschlafen können.

14.

Axel öffnete die Augen. Er lag auf dem Rücken und blickte auf eine helle Fläche. Eine Minute verging, in der sich nach und nach verschiedene Wahrnehmungen in seinem Bewusstsein zurückmeldeten und er allmählich ein Gefühl für seinen Körper bekam. Noch eine Minute später hatte er sogar wieder eine grobe Vorstellung davon, wer er war. Die graue Fläche war die Zimmerdecke, auf die er auf der Matratze liegend starrte. Hatte er geschlafen? Wie viele Stunden waren vergangen? Mühsam richtete er sich auf. Der Garten lag im vollen Sonnenlicht eines weiteren milden Tages vor ihm. Neben der Matratze lag die Brieftasche, aus der sein Kripo-Ausweis noch halb herausragte, und daneben sein Handy. Mit verquollenen Augen starrte er auf das Display, das in viel zu kleinen Ziffern 9:53 Uhr anzeigte. Wie einen bitteren Nachgeschmack spürte Axel die Angst und die Wut der vergangenen Nacht. Er war sich immer noch nicht sicher, ob er nach dem Überfall geschlafen oder nur in einem Dämmerzustand auf der Matratze gelegen hatte. Zwei Worte tauchten wie ein Mantra in seinem Kopf auf und sorgten dafür, dass er vorsichtig aufstand und die Lederkombi auszog. Das erste Wort des Mantras war „duschen" und Axel wiederholte es immer wieder, während er, an die Wand der Duschkabine gelehnt, fasziniert dem Wasserstrahl zusah. Das zweite Wort war „Kaffee" und brachte einige komplexe Handlungsabläufe mit sich, die aber irgendwann dazu führten, dass Axel mit einer großen Tasse Kaffee in der Hand halb nackt auf der Veranda hockte und das dunkle Gebräu schlürfte. Das Koffein sorgte dafür, dass sich auch die letzten losen Fäden in seinem Kopf wieder halbwegs miteinander verknüpften und er sich wirklich und wahrhaftig wie Axel Schröder fühlte, 45 Jahre alt, Kommissar der Kölner Kripo und in Unterhose auf der Veranda seiner Wohnung hockend. Er sah jetzt auch, dass die Nachbarin ihn durch ihr Küchenfenster skeptisch beäugte, winkte ihr zu und zeigte ihr dann einen nach oben gestreckten Daumen. Sie lachte und zeigte ihm ihren kleinen, faltigen Daumen. Solange er hier wohnte, würde er keine Überwachungskamera zum Schutz gegen Einbrecher brauchen. Allmählich wurde es ihm in der Unterhose zu kalt und er ging wieder in das Haus, um in seinem Kleiderschrank nach frischen Sachen zu suchen. Zweifelnd blickte er auf ausgewaschene Jeans und verknüllte T-Shirts. Sollte er Klamotten aussuchen, mit denen er das Wohnmobil fahren konnte, oder sollte er wieder in die Lederkombi steigen? Aus dem Wohnzimmer drang leises Klingeln herüber. Er ging zurück und suchte sein Handy, das immer noch vor der Matratze lag. Die Nummer auf dem Display kannte er nicht. Falls dies ein Drohanruf werden sollte, konnte der Anrufer sich darauf gefasst machen, durch die bloße Lautstärke seines Gebrülls getötet zu werden. Axel drückte den Knopf und hielt das Handy an sein Ohr. Ein leises Rauschen war zu hören, dann auch Atemgeräusche.

„Hallo?", sagte Axel so schneidig, wie es ihm möglich war. „Wer ist da?"

„Hallo, Herr Schröder. Hier ist Sabine."

Schon bevor sie ihren Namen nannte, hatte Axel Schulz' Freundin an ihrer Stimme erkannt. Und auch die Anspannung, die darin lag.

„Ich mache mir Sorgen um Sören. Er hat mich gestern angerufen und wir haben uns getroffen, in dem sicheren Haus, das er erwähnt hatte. Sören duscht gerade, er weiß nicht, dass ich Sie anrufe."

Axel war schlagartig wacher, als er in den letzten drei Tagen jemals gewesen war.

„Was ist los mit Sören? Was beunruhigt Sie?"

Er konnte hören, dass sie mit sich rang. Sie wollte loyal zu Sören sein, war sich aber nicht sicher, wie sie ihn am besten schützen konnte.

„Sie können mir das sagen, Sabine. Ich bin ein Freund von Sören."

„Das hat Sören gestern Abend auch gesagt. Sonst würde ich Sie auch jetzt nicht anrufen. Irgendetwas wird bald geschehen. Er will gleich wegfahren, um jemanden zu treffen. Und er wird eine merkwürdige stählerne Schachtel mitnehmen, die er hier im Haus versteckt hatte. Und seine Waffe. Ich weiß nicht, was er vorhat, aber ich habe Angst."

„Sagen Sie mir, wo Sie sind, und ich komme vorbei und rede mit ihm."

Es blieb still in der Leitung. Wenn es das war, was sie gewollt hatte, dann musste sie ihm jetzt die Adresse nennen. Axel hoffte, er hatte sie nicht falsch eingeschätzt und würde sie jetzt nicht verschrecken.

„Ja, kommen Sie. Kennen Sie die Schrebergartensiedlung hinter dem Südfriedhof? Nehmen Sie den Weg direkt an der Bushaltestelle. Ein Haus mit rotem Dach, auf der linken Seite. Ich stehe am Fenster."

Axel kannte die Siedlung, war bisher aber immer nur daran vorbei gefahren. Er würde das Haus schon finden.

„Ich brauche 15 Minuten. Halten Sie ihn so lange auf."

Axel legte auf und blickte auf die Lederkombi auf dem Fußboden. Seine Kleiderfrage hatte sich durch den Anruf geklärt. Nur mit der Z konnte er in einer Viertelstunde in der Siedlung sein. Zappelnd rutschte er in die Kombi und schlüpfte anschließend sofort in die Stiefel. Hastig eilte er durch die Wohnung und sammelte ein, was er mitnehmen wollte. Aus Erfahrung wusste er, dass seine Dienstwaffe weder am Holster noch an anderer Stelle optimal unter der Kombi zu tragen war, aber er entschied sich, nicht auf sie zu verzichten. Also schob er sie in den festen Bund seiner Funktionsunterwäsche und kämpfte ein wenig mit dem Reißverschluss, bis er die entstandene Engstelle überwunden hatte. In der Garage musste er sich zwingen, die nötige Geduld für die Fummelei mit dem Headset aufzubringen, statt sofort loszufahren. Endlich konnte er das Garagentor herunterdrücken und auf die Z springen. Statt nach links Richtung Wasserwerkswäldchen fuhr er nach rechts und bog bald auf die kleine Teerstraße ab, die über die Felder bis zur Autobahn führte. Eine schmale Brücke brachte ihn auf einen Spazierweg quer durch den Grüngürtel. Er ließ die Z so schnell laufen, wie es ihm auf dem unbefestigten Weg sicher erschien und hoffte, an den kleinen Kreuzungen mit Reitwegen nicht auf ein Pferd im vollen Galopp zu stoßen. Auf halber Strecke ging der Spazierweg in eine schlecht asphaltierte Straße über, an der Spaziergänger ihre Autos abgestellt hatten. Axel beschleunigte, bis die Z wegen der schlechten Straße nach links und rechts auszubrechen begann und musste dann vor dem Militärring eine Vollbremsung hinlegen, weil der dichte Verkehr ihn zum Halten zwang. Aus dem Augenwinkel konnte er die kleinen Wohnwagen des Straßenstrichs in der Nebenstraße erkennen, auf dem zu dieser frühen Stunde anscheinend noch kein Andrang herrschte. Axel zuckte nervös mit der Gashand, den ersten Gang eingelegt und die Kupplung gezogen. Die Autos zogen mit wenigen Meter Abstand auf beiden Spuren an ihm vorbei und ignorierten ihn bösartig. Entnervt ließ er die Z etwas vorrollen, bis sein Vorderrad bereits auf der Straße stand, erntete dafür aber nur empörtes Gehupe der vorbeifahrenden Autofahrer. Schließlich näherte sich von links ein LKW, der etwas langsamer als der fließende Verkehr war und deshalb eine kleine Lücke ließ. Axel blickte schnell nach rechts. Hinter einem Transporter sah er ein flaches rotes Cabrio mit einem langhaarigen jungen

Mann am Steuer, der ihm lässig mit der linken Hand ein Zeichen gab. Axel ließ den Transporter passieren, gab Gas und die Kupplung springen. Die Z schoss nach vorne, während Axel den Kopf wieder zurückdrehte. Eine unscharfe graue Masse bewegte sich von links sehr schnell auf ihn zu und stieß dabei ein tiefes Grollen aus. Axel spürte die Luft, die der LKW vor sich herschob, als er sich laut hupend näherte. Die Z hatte gerade die Mittellinie erreicht, als der LKW eine Handbreit hinter dem Nummernschild an ihm vorbeidonnerte. Voller Panik beschleunigte Axel weiter und musste deshalb sofort wieder bremsen, um dem Transporter vor sich nicht auf die Ladefläche zu fahren. Axels Herz raste, als er wenige Meter später nach rechts zum Südfriedhof abbog. Aus den tiefsten Tiefen seines Gedächtnisses tauchte das Gesicht seines Fahrlehrers auf, bei dem er in einem anderen Jahrhundert seinen Führerschein gemacht hatte. Herr Brinkaus war ein großer Mann mit Bluthochdruck, der intensiv nach Pfeifentabak roch. Und Axel bei jedem Abbiegen ermahnte, mehrfach in beide Richtungen zu blicken. Axel nahm sich vor, ab jetzt wieder ohne Einschränkung auf seinen Fahrlehrer zu hören.

Er näherte sich der Schrebergartensiedlung und der Bushaltestelle davor im Schritttempo. Diese Siedlung war so etwas wie das kleine gallische Dorf bei Asterix, ein ländliches Wohngebiet mitten in der Stadt. Aus den Schrebergartenhäuschen waren im Laufe der Jahrzehnte schmucke kleine Häuser geworden, in denen das ganze Jahr über gewohnt wurde. Die Wege zwischen den Häusern waren schmal und nicht befestigt und Axel blieb mit der Z weiter im Schritttempo. Er hatte sich entschlossen, direkt bis zum Haus vorzufahren, sodass Sören ihn kommen hören konnte und sich nicht überrumpelt fühlte. Links vom Weg tauchte ein Pferdestall auf und tatsächlich drehte ein Pferd seinen großen Schädel über einen Bretterzaun, um ihn mit neugierigen Augen zu begutachten. Kurz dahinter sah Axel ein Haus mit einem roten Dach durch die Blätter des Buschwerks leuchten. Als er die letzten Meter bis zum Haus dahinrollte, übertönte ein anderes Motorgeräusch sein Standgas. Die Einfahrt zu dem Haus tauchte auf, Sabine kam ihm entgegengelaufen und zeigte dabei aufgeregt weiter den Weg hinunter. Axel hielt an. Sabine stoppte atemlos vor ihm und krallte eine Hand in den Ärmel seiner Kombi.

„Ich konnte ihn nicht aufhalten! Als ich ihm sagte, dass Sie unterwegs sind, hat er geflucht und ist sofort losgefahren. Da vorne fährt er. Bitte holen Sie ihn ein, bitte halten Sie ihn auf!"

Axel nickte und drückte kurz ihre Hand auf seinem Ärmel. Er gab Gas, sodass die Z hinten wegrutschte und mit Schlingerbewegungen den Weg entlangschoss. Er konnte die KTM eher hören als sehen und folgte dem Geräusch an der nächsten Wegkreuzung nach links. Der Weg führte wieder aus dem Labyrinth der Wege hinaus zur Straße und dort sah er dann auch die Superduke, die mit aufsteigendem Vorderrad an der Bushaltestelle vorbei auf die Straße schoss. Axel beschleunigte auch, kontrollierte mit einem schnellen Blick, dass von rechts kein Auto kreuzte, und nutzte den Bordstein zur Straße als kleine Sprungschanze, um mit einem Satz auf der Straße zu landen. Die Superduke bog schon an der nächsten Ecke rechts ab und Axel konnte sehen, wie Schulz kurz den Kopf drehte, um seinen Abstand zu Axel abzuschätzen. Ohne jeden Zweifel hatte er Axel gesehen und war nicht bereit, sich von ihm einholen zu lassen. Als Axel an der Ecke ankam, war die KTM bereits ein gutes Stück vor ihm. Axel hatte kein gutes Gefühl, als er mit kalten und schlammverschmierten Reifen in eine heftige Schräglage ging, aber in ihm war ein Jagdinstinkt erwacht, der alle Bedenken überlagerte. Bis er den Höninger Platz erreichte, umrundete Schulz schon das letzte Viertel des Kreisverkehrs.

Eine Straßenbahn fuhr rasselnd vor Axel los und blockierte die Straße. Er zögerte einen Augenblick, aber als er die KTM auf der anderen Seite des Platzes in die Vorgebirgsstraße verschwinden sah, gab er kurz entschlossen Gas und lenkte die Z nach links auf den Bürgersteig. Die knapp zwanzig Meter Bürgersteig bis zum Ende des Platzes waren glücklicherweise menschenleer. Als Axel beschleunigte, trat von links ein Mann aus dem „Van der Put", Axels Lieblings-Eisdiele. Der Mann starrte über seinen gezwirbelten Schnäuzer entzückt auf die mit Eiskugeln angefüllte Waffel in seiner Hand und ignorierte dabei den Rest der Welt völlig. Axel suchte mit dem Daumen nach dem Hupenknopf und drückte ihn, ohne vom Gas zu gehen. Im Augenwinkel sah er, wie der Mann vor Schreck die Arme hochriss und im selben Augenblick legte sich ein Schleier über Axels Sicht. Er brauchte einen Augenblick, in dem er wie durch eine Milchglasscheibe blickte und im Blindflug den Bürgersteig entlangfuhr, bis er mit dem linken Handrücken über sein Visier wischen und dort die Reste einer Kugel Eis entfernen konnte. Er war sich sicher, dass es sich um Vanille handelte, aber das half ihm jetzt auch nicht weiter. Axel war auf der Vorgebirgsstraße angekommen und beschleunigte voll. Die KTM blieb wie eine Mohrrübe in Sichtweite vor seiner Nase und kämpfte glücklicherweise mit dem Verkehr. Die Ampel an der großen Kreuzung zum Raderthalgürtel war zwar gerade Grün geworden, aber die Autos davor fuhren nur langsam los und blockierten auf beiden Spuren die Fahrt von Schulz. Axel begann, Hoffnung zu schöpfen und näherte sich schnell. Schulz schien das zu ahnen, denn er gab brutal Gas, ließ das Vorderrad der Superduke in einem Powerwheelie aufsteigen und schoss zwischen den Autos durch, den Lenker knapp über den Autodächern. Axel musste warten, bis die Autos ihm eine Lücke boten, um sich mit schnellen Spurwechseln an ihnen vorbeizuschlängeln. Es gelang ihm aber, die KTM nicht aus den Augen zu verlieren. Beide schossen sehr schnell an der Spitze der grünen Welle Richtung Innenstadt. Kurz vor dem Vorgebirgstor ignorierte ein Kleinlaster Axel und seine Z völlig und fuhr in aller Seelenruhe aus einer Einfahrt auf die Straße. Axel bremste, hupte und fluchte. Nur sehr widerwillig machte der Kleinlaster ein wenig Platz, damit Axel sich an ihm vorbeiquetschen konnte. Auf der linken Straßenseite tauchte das Südstadion auf und voraus konnte Axel bis zur Eisenbahnbrücke sehen, hinter der die Ampel Rot geworden war. Bremslichter leuchteten auf, aber das einzelne Bremslicht eines Motorrads war nicht dabei. Wo waren Schulz und seine KTM? Kurz vor der Brücke ging rechts eine schmale Straße ab. Axel bremste, bis die Reifen der Z erbärmlich quietschten und feiner bläulicher Rauch aufstieg. Er stand mitten auf der Straße und blickte sich um. Von der KTM war nichts zu sehen. Und wieder war es der Sound des Zweizylinders, der die KTM verriet. Das aggressive Husten des großen Motors entfernte sich langsam nach rechts. Axel bog in die Straße ab und gab Gas. Irgendwann war er hier schon einmal entlanggefahren, aber er erinnerte sich nicht, wo er landen würde. Dann tauchte das große, geschwungene Dach des Kölner Großmarkts auf und Axel wusste wieder, wo er war. Kurz darauf stieß er auf die Bonner Straße und konnte dank einer grünen Ampel bis zur Mitte der Fahrbahn weiterfahren. Um ihn herum tobte der Verkehr, die KTM war nirgends zu sehen. Axel richtete sich auf und stellte sich auf die Fußrasten. Jetzt überragte er die meisten Autodächer. Hinter ihm wurde gehupt, als er im Schritttempo auf der Fahrbahn dahintuckerte und dabei den Kopf in alle Richtungen drehte. Langsam musste er sich entscheiden, in welche Richtung er weiterfahren wollte. Und endlich sah er die KTM, als sie aus dem Schatten eines Lastwagens auftauchte und in Richtung Chlodwigplatz fuhr. Er ließ sich wieder auf die Sitzbank fallen und drückte sogar den Kopf bis auf den Lenker herunter, als er entschlossen Gas gab. So war er früher immer mit seinem Mokick unterwegs gewesen in der Hoffnung, der geringere Luftwiderstand könne ihn um Prozentpunkte schneller machen. Das war bei der Z natürlich vollkommen überflüssig, aber Axel war mittlerweile in einem echten Jagdrausch gefangen. Mit Mühe gelang es ihm, an Schulz dranzubleiben, ohne dabei eine rote Ampel zu überfahren. Dazu musste er sich mehrfach dicht an einem Auto vorbeiquetschen und mit sehr wenig Abstand die Spur wechseln. Schließlich erreichte Axel den Chlodwigplatz. Die Superduke hatte er gerade eben noch neben dem alten Stadttor in Richtung Severinswall verschwinden sehen, aber jetzt stand Axel vor dem Zebrastreifen am Kreisverkehr und fluchte über den nicht enden wollenden Strom von Fußgängern, die den Zebrastreifen blockierten. Mütter mit Kinderwagen, alte Männer mit Stock, Rollstuhlfahrer – alle flanierten hintereinander an ihm vorbei, sodass es unmöglich war, ihre Reihe zu durchbrechen. Schließlich hielt Axel es nicht mehr aus. Er ließ die Z langsam rollen und pirschte sich vorsichtig bis auf einen der weißen Streifen auf dem Asphalt vor. Von links schlurfte ein großer junger Mann heran, den Blick zu Boden gesenkt, voluminöse Kopfhörer auf den Ohren. Er bemerkte Axel erst, als der glänzende Gummi des Vorderreifens der Z in seinem Blickfeld auftauchte. Der Mann hob langsam den Kopf und ließ Axel in honigbraune, verträumte Augen blicken.

„Hast du es eilig? Dann bitte, fahr zu. Ich hoffe, du findest, wonach du suchst."

Der junge Mann ließ Axel mit einer grandiosen Geste passieren. Er hetzte der KTM auf dem Severinswall hinterher, aber schon nach wenigen Metern wurde ihm klar, dass er das Rennen verloren hatte. Köln bot zu viele Gelegenheiten für ein erfolgreiches Versteckspiel, im Einbahnstraßengewirr der Südstadt konnte Schulz in der Zwischenzeit unzählige Abzweigungen genommen haben. Axel ließ sich langsam die Annostraße entlangtreiben, aber die KTM blieb unwiderruflich verschwunden. An der Severinsbrücke zögerte er. Sollte er sich dem Zufall überlassen und darauf hoffen, an einer Ecke auf Schulz zu stoßen? Er bog nach links ab und landete auf der vielspurigen Verbindungsstraße, die das Viertel so brutal durchtrennte. Ziellos folgte er der Straße, bog wieder ab und ließ die Z auf dem Bürgersteig ausrollen. Er stand jetzt auf der Rückseite des ehemaligen Kölner Polizeipräsidiums am Waidmarkt, das vor dem Umzug auf dic andere Rheinseite für viele Jahre der zentrale Punkt seines Lebens gewesen war. Er schaltete die Zündung der Z aus und kickte den Seitenständer heraus. Der Verkehr um ihn herum toste weiter, aber er war sehr ruhig und gelassen. Er bekam Lust, eine Zigarette zu rauchen. Dieses seltene Bedürfnis hatte er zuletzt an dem kleinen See kurz vor Bourg St. Maurice verspürt. Das war erst wenige Tage her, fühlte sich aber an, als seien seitdem einige Jahrhunderte vergangen. Ob in dem Haus wirklich ein Schuss gefallen war? Hätte er die Treppe nach oben nehmen und nachschauen sollen? Er sah das Gesicht der Frau namens Annabelle vor sich und fragte sich, ob er sie noch einmal wiedersehen würde. Vielleicht bestand das Leben ja wirklich aus verpassten Gelegenheiten. Besonders, wenn man nicht wusste, wonach man suchte. Außer nach Sören Schulz, und selbst den hatte er verpasst. Er konnte genauso gut wieder nach Hause fahren und sich schlafen legen. So saß er da, mit einem Motorradhelm auf dem Kopf, auf dem Sattel der Z am Straßenrand. In die Stille in seinem Kopf hinein explodierten die Kopfhörer in seinen Ohren mit dem Klingelgeräusch des Handys. Axel zuckte vor Schreck zusammen und musste die Handschuhe ausziehen, um den kleinen Knopf der Bedienungseinheit drücken zu können.

„Was?", fragte er, immer noch aufgescheucht.

„Axel?"

Pauls Stimme klang aufgeregt. Axel wusste, was er sagen würde.

„Axel, ich kann ihn sehen. Er ist gerade vorgefahren. Jetzt scheint er zu warten. Wo bist du?"

„Am Waidmarkt. Ich habe ihn vor wenigen Minuten verloren. Er kann nicht weit weg sein. Wo bist du, wo ist Schulz?"

Paul konnte seine Aufregung kaum noch beherrschen.

„Der Typ ist schlau. Sag mir mal, wo ein Motorradfahrer am wenigsten auffällt?"

„Keine Ahnung, Paul. Ich habe gerade keine Lust auf Quizspiele. Wo ist Schulz jetzt?"

„Untergetaucht in einer Masse von anderen Motorradfahrern. Auf dem Messeparkplatz der Intermot in Deutz."

Axel pfiff anerkennend durch die Zähne.

„Genau", sagte Paul am anderen Ende der Leitung.

„Wenn ich ihn nicht zufällig beim Hereinfahren gesehen hätte, wäre er mir garantiert nicht aufgefallen. Hier parken einige Tausend Motorräder. Schulz steht auf einem der Presseparkplätze nah am Eingang West. Da kommt übrigens gerade ein schwarzer Mercedes zu ihm vorgefahren. Es sieht so aus ... Moment mal."

Im Hintergrund plärrte der Polizeifunk an Pauls BMW los. Axel hörte Paul nur „ja, ja, alles klar" sagen, das Gequatsche am Funkgerät blieb für ihn unverständlich. Paul meldete sich zurück.

„Axel, ich bin abgezogen worden und muss sofort los. Parkplatz Eingang West, schwarzer Mercedes. Schulz zeigt irgendeine silberne Schatulle vor. Beeil dich und viel Glück!"

„Okay, Paul, alles klar. Ruf bitte Behrendt sofort an und sag ihm, wo ich hinfahre, hörst du?"

Paul hatte aufgelegt, Axel war sich nicht sicher, ob er seine Bitte noch hatte hören können. Er streifte sich in Windeseile die Handschuhe über und startet die Z. Dann würde er also doch noch die Intermot besuchen. Vom Waidmarkt aus war es ein Katzensprung über den Rhein nach Deutz zum Messegelände. Er brauchte nur den vielen Motorradfahrern zu folgen, die mit ihm auf dem Weg zu dieser größten Motorradmesse Europas waren. Die meisten von ihnen bogen zu anderen Parkplätzen ab, während Axel den Hinweisschildern zum Eingang West folgte. Auf dieser Seite der Messehallen war auf einer großen Freifläche eine Miniatur-Rennstrecke angelegt, auf der als Besucher-Attraktion Supermoto-Rennen stattfanden. Irgendwo hier musste Schulz stecken. Axel fuhr im Schritttempo an langen Reihen geparkter Motorräder vorbei. Es war unmöglich, eine schwarze Superduke in diesem Gewühle auszumachen. Er versuchte wieder, sich auf den Rasten stehend einen besseren Überblick zu verschaffen, aber diesmal half ihm auch sein mobiler Aussichtsturm nicht weiter. Zu viele Motorräder und Motorradfahrer bewegten sich auf dem Gelände. Bald erreichte Axel den Ausgangspunkt seiner Rundfahrt wieder. Er hielt an und ließ verzweifelt den Blick schweifen, aber vor lauter Bäumen sah er den Wald nicht mehr. Die Silhouetten der Motorräder und Motorradfahrer verschmolzen vor seinen Augen zu einer ununterscheidbaren Masse. In dem Wimmelbild setzte sich einzig ein großes, schwarzes Rechteck von den vielen kleinen Elementen ab. Axel sah genauer hin. Das war der schwarze Mercedes! Soweit Axel es erkennen konnte, saßen der Fahrer und ein Beifahrer in dem Wagen. Und auf der Beifahrerseite konnte er jetzt auch eine schwarze Superduke erkennen. Der Fahrer, in schwarzem Leder und mit einem schwarzen Integralhelm auf dem Kopf, saß noch im Sattel und beugte sich vor, um besser in das geöffnete Fenster der großen Limousine sprechen zu können. Axel versuchte, seinen Blick noch stärker zu fokussieren. Der Motorradfahrer auf der schwarzen KTM nahm durch das offene Fenster etwas entgegen. Axel konnte es nicht wirklich erkennen, aber es sah für ihn wie der typische wattierte Briefumschlag aus, in dem in amerikanischen Fernsehserien die illegalen Gelder den Besitzer wechseln. Und zwar klassischerweise von einem Gangster zum korrupten Bullen.

„Sören, du Super-Horst!"

Was er sah, empörte Axel so sehr, dass er hemmungslos in seinen Helm brüllte.

„Das hast du dir zu einfach vorgestellt, du Abrissbirne!"

Axel gab Gas wie bei einem MotoGP-Start und kuppelte ein. Sein Vorderrad zuckte kurz nach oben, dann wedelte die Z mit durchdrehendem Reifen nach vorne und malte dabei einen feinen schwarzen Strich auf den Asphalt. Schulz und der Mercedes waren mehr als 100 Meter entfernt, aber es dauerte nicht lange, bis Axel und seine schreiende Z auffielen. Zuerst drehte sich das Gesicht des Autofahrers in die Richtung, aus der Axel heranstürmte, dann blickte auch der Superduke-Fahrer über das Autodach zu ihm herüber. Ohne einen Augenblick zu zögern, startete der die KTM und wendete sie so schnell es ging. Auch das Vorderrad der Superduke stieg gen Himmel, als sie in Richtung der Messehallen davonjagte. Axel musste sich entscheiden, ob er sich um die Männer im Mercedes oder um Schulz kümmern wollte. Selbst mit einer Vollbremsung würde er kaum noch vor dem Mercedes zum Stehen kommen und die fliehende Superduke übte einen unwiderstehlichen Reiz auf ihn aus. Also lenkte er die Z in eine sanfte Kurve, deren Linie kurz vor der Halle auf die Superduke treffen würde. Er wollte Schulz unbedingt den Weg zur Straße abschneiden, die rechts von der Halle begann. Bei der Hetzjagd durch die Stadt hatte er ja bereits erlebt, dass er ihn im Gewühl des Stadtverkehrs nicht aufhalten konnte. Schulz dachte anscheinend genauso, denn er quetschte alles aus der Superduke heraus. Die Menschen auf dem Platz blickten mittlerweile auf die beiden Motorräder, die wie die Jets einer Kunstflugstaffel in einem spitzen Winkel aufeinander zurasten. Wahrscheinlich hielten sie die Verfolgungsjagd für die Show von professionellen Stuntmen und dachten in diesem Moment, was auch Axel immer klarer wurde: Das würde nicht gut gehen. Sollte er Schulz rammen wie ein Kamikaze-Pilot? Er sah zu der KTM herüber und hoffte auf ein Anzeichen dafür, dass Schulz das Rennen aufgab. Aber der hielt den Kopf starr über seinen Lenker gebeugt und gab unentwegt weiter Gas. Der Schnittpunkt ihrer beiden Linien flog ihnen entgegen. Axel erinnerte sich daran, was Schulz ihm über den späten Bremspunkt vor einer Kurve auf der Rennstrecke gesagt hatte. Er würde noch nicht bremsen. Allerdings klingelte in diesem Augenblick sein Handy in den Kopfhörern und durchbrach seine Konzentration. Er verlor die Nerven, richtete sich auf und bremste mit aller Macht. Das Hinterrad blockierte, rutschte aber geradeaus weiter. Das Vorderrad schien zur Seite ausbrechen zu wollen und Axel löste die Bremse ein wenig. Oder zumindest bildete er es sich ein, denn eigentlich ging alles viel zu schnell, um bewusst reagieren zu können. Er sah auf und blickte zu Schulz. Der musste einen Augenblick vor ihm aufgegeben haben, denn er hatte ebenfalls deutlich Geschwindigkeit abgebaut und kam schlingernd heran, das Hinterrad zwei Handbreit über dem Boden. Axel triumphierte. Er hatte Sören Schulz gestellt, den Highspeed-Mann. Er würde die Z abstellen, herüber gehen zu Schulz und ihm den Zündschlüssel abnehmen. Das kam davon, wenn man sich mit Axel Schröder anlegte. Seine Fantasien fanden ein jähes Ende, weil Schulz die Bremse löste und mit der Superduke einen scharfen Haken nach links schlug. Er hatte das Rennen keineswegs aufgegeben, sondern nur die Richtung gewechselt. Allerdings fuhr er nun auf ein unüberwindbares Hindernis zu: einen Beton- und Stahlklotz von der Größe einer Halle, nämlich auf die Halle 2 der Kölner Messe. Axel folgte ihm und bemühte sich, so früh wie möglich die Anzeichen für einen erneuten Richtungswechsel wahrzunehmen. Denn Schulz musste entweder links oder rechts an der Halle entlangfahren, wenn er nicht stumpf in die Wand einschlagen wollte. Axel konzentrierte sich auf das Hinterrad der Superduke, an der er den Richtungswechsel ablesen wollte. Das Rad bewegte sich immer langsamer nach vorne, verharrte für einen Augenblick, und war dann verschwunden. Axel bremste und blickte hoch. Die Superduke hatte sich in Luft aufgelöst! Bevor Axel vor Verblüffung vom Motorrad fallen konnte, öffneten sich die gläsernen Schiebetüren des Hallenvorbaus, die wegen Lichtreflexionen nicht erkennbar gewesen waren, und Axel rollte mit der Z in die Halle 2 der Intermot. Als sich die Glastüren hinter ihm wieder schlossen, konnte er den Beifall der Menschenmenge draußen hören. Schulz und er hatten eine verdammt gute Show geliefert.

15.

Axel nahm sich nicht die Zeit, dem Eintrittskarten-Kontrolleur am Halleneingang zuzunicken, denn Schulz bahnte sich mit der KTM entschlossen einen Weg durch die Menge. Die Leute reagierten eher begeistert als verängstigt auf ein 120-PS-Motorrad kurz hinter ihren Fersen und machten bereitwillig Platz, schließlich war dies eine Motorrad-Messe. Axel fand die Vorstellung trotzdem beunruhigend, eine Verfolgungsjagd mit zwei Motorrädern quer durch eine Halle voller Menschen zu starten, ließ den Abstand zu Schulz aber nicht größer werden. Aus dem Augenwinkel registrierte er, dass sie am Stand von

Royal Enfield entlangfuhren und er konnte sogar einen Blick auf einen hübschen Café-Racer-Umbau werfen, aber alles in allem war so ein Messerundgang im Fahrradtempo nicht besonders ergiebig. Ein Stand mit Oldtimern zog vorbei, dann roch es unverkennbar nach Zweitakt-Gemisch und folgerichtig warb ein großes Banner für die „Zweitaktfreunde Deutschland". Auf der Höhe von Schulz war ein Stand wie eine orientalische Teestube dekoriert, drei Männer hockten auf Sitzkissen und nippten an kleinen Teegläsern. Bevor sich Axel fragen konnte, was dieser Stand auf einer Motorradmesse verloren hatte, entdeckte er das Banner der Turkish Emirs und dann sprangen die drei Männer auf und stellten sich Schulz mit seiner Superduke in den Weg. Axel erkannte seinen Kollegen Ali Kılıç und die beiden Emirs Demir Alkan und Hasan Demirici aus dem Arkadash. Schulz versuchte, sich an ihnen vorbeizudrängen, aber sie ließen ihn nicht passieren. Axel trennten nur noch wenige Meter von der Superduke, die er einkeilen und blockieren wollte. Schulz roch aber den Braten, ruderte das Motorrad mit den Beinen rückwärts und entschwand nach links zwischen zwei Ständen. Axel fluchte und zwängte sich in dieselbe Lücke.

„Nach rechts, nach rechts!", rief ihm einer der beiden Emirs zu, als er kurzfristig auf ihrer Höhe war.

„Durch das Rolltor, da geht's raus auf die Strecke!", fügte Ali Kılıç hinzu. Axel hatte nicht viel Zeit, sich zu fragen, welche Strecke wohl gemeint war. Als er das offene Rolltor gefunden und mit viel Schwung passiert hatte, fand er sich auf der improvisierten Supermoto-Piste wieder. Ein Blick nach rechts zeigte ihm, dass Schulz bereits eine der engen, mit Strohballen markierten Kurven voraus war. Axel gab Gas und schoss vor bis zur Mitte der Strecke. Die Begegnung mit dem LKW auf dem Militärring war keine Stunde her und in seiner Erinnerung noch ganz frisch, deshalb wendete er den Kopf im Anfahren auch nach links. Und von dort flogen ihm mehr als ein Dutzend wild entschlossener Supermoto-Fahrer entgegen. Eine Dreiergruppe hatte sich vom Feld abgesetzt und legte die bunt beklebten Maschinen am Eingang der Kurve, an deren Scheitelpunkt Axel gerade angekommen war, in einen atemberaubenden Drift. Axel beeilte sich, so schnell wie möglich aus der Kurve zu verschwinden. Vor ihnen lag eine kurze Gerade, sodass er die Leistung seiner Z ausspielen konnte und nicht sofort von den Supermotos überrannt wurde. Schulz beschleunigte die Superduke ebenfalls an ihr Limit und blieb vor ihm. Am Ende der Geraden folgte eine weit gezogene Linkskurve, bevor sich der Kurs wieder mit dem für Supermotos typischen Kurvengewirr fortsetzte. Axel fixierte die Superduke und die Kurve. Er war wild entschlossen, Schulz in dieser Kurve von der Strecke zu drängen. Er würde versuchen, in der Kurve so weit wie möglich innen zu bleiben und Schulz so den Weg abzuschneiden, wenn der den längeren Weg am äußeren Rand der Kurve nahm. In Axels Augenwinkel tauchten bunte Flecken auf. Offensichtlich ließen sich die Supermotos von dem unangemeldeten neuen Mitfahrer nicht irritieren und bedrängten ihn ungeniert links und rechts. Axel ignorierte sie ebenfalls und konzentrierte sich nur auf Schulz und die herannahende Kurve. Der Motor der Z schrie bereits im oberen Drehzahlbereich und es fehlten noch einige Meter bis zum Beginn der langen Linkskurve, also wollte Axel gerade ein letztes Mal hochschalten, als es geschah. Ein neuer Krampf fiel wie ein Fallbeil über sein linkes Bein her. Es versteifte sich sofort, statt den Schalthebel auf der linken Seite mit dem Fuß nach oben zu ziehen, drückte ihn sein spontan entstandenes Holzbein nach unten und schaltete damit einen Gang herunter. Die Z brach hinten aus und ging in einen Drift über. Axels steifes Bein streckte sich bis fast zum Asphalt, der durch seine Schräglage bedrohlich nah gekommen war. Er stieß ein Geheul aus, als er zum ersten Mal in seinem Leben mit einem Drift durch die Kurve fegte. Denn erstens sorgte der Krampf für Schmerzen, die ihm das Wasser in die Augen trieben. Und zweitens war sein Drift alles andere als kontrolliert. In aller Seelenruhe überholte ihn links einer der Supermoto-Fahrer in genau derselben Haltung wie er, das Hinterrad im Drift und das linke Bein zum Kurveninneren ausgestreckt. Als er direkt neben Axel war, ließ er sogar das linke Lenkerende los und hielt den gestreckten Daumen in die Höhe. Axel begriff, dass der Mann seinen perfekten Supermoto-Fahrstil lobte. Eine weitere Kurve würde Axel ihm seine unfreiwillige Kurventechnik aber nicht präsentieren. Er ging vorsichtig vom Gas und ließ die Z zwischen zwei Strohballen rechts von der Strecke ausrollen.

Sein Bein entspannte sich langsam wieder, blieb aber nur eingeschränkt beweglich. Nur mit Mühe konnte er den Seitenständer herauskicken und sich humpelnd neben die Z stellen. Er klappte das Visier seines Helms nach oben und atmete durch. Ein Motorgeräusch näherte sich, und als Axel sich umdrehte, sah er zu seiner Überraschung Schulz mit der Superduke herankommen. Der behielt ein paar Meter Abstand und ließ den Motor laufen, klappte aber ebenfalls sein Visier hoch und rief zu Axel herüber.

„Alles klar bei dir? Warum hast du aufgegeben? Mit dem Fahrstil hättest du mich doch bald eingeholt!“

Axel war zunächst sprachlos. Schulz schien ihn verhöhnen zu wollen, weil er genau wusste, dass Axel ihn mit seinem Hinkebein nicht würde erreichen können. Weil ihm nichts anderes übrig blieb, konzentrierte sich Axel wieder auf psychologische Kriegsführung.

„Mensch Sören, was machst du denn für Sachen? Du kannst

doch nicht ewig davonlaufen. Mach deine Maschine aus und lass uns reden."

Axel konnte Schulz unter seinem Helm grinsen sehen. Was war bloß so verdammt lustig an dieser Situation? Axel wagte mit seinem schmerzenden Bein einen kleinen Schritt näher an die Superduke heran.

„Wir können über alles reden, Axel. Hauptsache, du bleibst hier auf dem Platz und hast noch ein wenig Geduld. Und tue mir einen Gefallen, beweg dich nicht vom Fleck."

Axel stoppte seine Bewegung und seufzte. Es fehlten ihm noch zwei Schritte, um sich auf Schulz stürzen zu können.

Vielleicht konnte er ihn ablenken. Er öffnete den Verschluss seines Helms und zerrte ihn nach oben. Für einen Augenblick versperrte ihm der Helm vor seinen Augen den Blick. Als sein Blickfeld wieder frei war, bot sich ihm ein faszinierender Anblick. Hauptkommissar Behrendt, in einem grünen Cordanzug und einem kommunionsblauen Trenchcoat, stürzte wie ein professioneller Football-Spieler von rechts heran und hechtete auf Schulz zu. Für einen winzigen Augenblick lag Behrendt beinahe waagerecht in der Luft, beide Arme vorgestreckt und mit flatterndem Mantel. Mit ein wenig gutem Willen konnte man ihn für den gealterten Superman halten, der ein letztes Mal zur Rettung der Welt unterwegs ist. Dann landete Behrendt, um eine Armlänge zu kurz und nicht besonders elegant. Aber es gelang ihm, Schulz mit der Superduke umzureißen. Beide stürzten mit einem unschönen Geräusch auf den Asphalt. Schulz lag zuunterst, Behrendt halb auf ihm drauf und die Superduke, mit verklemmten Gasgriff laut aufbrüllend, als Sandwich-Deckel obenauf. Axel humpelte so schnell es ging zu dem Haufen aus Mensch und Maschine. Als Erstes drückte er den Kill-Schalter am Lenkerende, sodass die KTM mit einem Schlag verstummte. Dann versuchte er, die Superduke ein wenig aufzurichten, damit

Behrendt darunter hervorkriechen konnte. Benzindämpfe stiegen ihm in die Nase und voller Entsetzen realisierte er, dass aus dem Entlüftungsschlauch des Tanks Benzin auf den Trenchcoat von Behrendt geflossen war. Er griff Behrendt am Kragen des Mantels, um ihn von dem heißen Auspuffkrümmer wegzuzerren, aber Behrendt hielt den Griff offensichtlich für einen Angriff von Schulz, drehte sich zur Seite und nahm Schulz von rechts in einen formvollendeten Schwitzkasten. Als Axel sah, dass die beiden genug Abstand von der Superduke hatten, ließ er sich auf der anderen Seite von Schulz zu Boden fallen und umklammerte mit beiden Händen dessen linken Arm. Die Walther in seiner Unterwäsche drückte schmerzhaft in seinen Unterbauch. Stille trat ein. Axel atmete heftig, aber Behrendt neben ihm keuchte so laut, als hätte er gerade einen Marathonlauf beendet.

„Alles klar bei Ihnen?"

Axel machte sich Sorgen um Behrendt, der wahrscheinlich zuletzt beim Bewerbungstest für den Polizeidienst sportlich aktiv gewesen war.

„Alles klar, Schröder. Wir haben ihn."

Beide verstummten, als sie die Geräusche wahrnahmen, die Schulz unter ihnen hervorbrachte. Zunächst glaubten sie, er würde weinen, aber dann wurde ihnen klar, dass der Mann lachte. Axel und Behrendt blickten sich über den Rücken ihres Gefangenen hinweg ratlos an.

„Soso, die Kollegen haben mich also", sagte Schulz, eindeutig belustigt. Er kicherte noch ein wenig, dann fasste er mit der freien Hand den Handrücken von Behrendt, setzte einen ultragemeinen Hebel am Handgelenk an und zwang Behrendt so zur Seite. Während er Behrendt mit dem Hebel fixierte, befreite er sich mit einer schlangenartigen Bewegung aus Axels Umklammerung, griff sich den Zeigefinger von Axels rechter Hand und bog ihm hemmungslos nach hinten. Axel heulte auf und kroch auf Schulz zu, um seinen Zeigefinger in einen erträglicheren Winkel zu bringen. Behrendt und er hockten jetzt Rücken an Rücken auf dem Boden und bewegten sich so wenig wie möglich, weil Schulz über ihnen stand und sie gnadenlos mit seinen Hebeln fixierte. Der Schmerz in seinem Finger ließ Axel flach atmen. Er erinnerte sich plötzlich an diesen Schmerz. Schon einmal hatte ihm jemand den Finger auf diese Weise umgedreht, auf dem Schulhof der Gesamtschule in Zollstock, vor vielen Jahrzehnten. Axels Erinnerungen wurden durch das Geräusch eines Walkie-Talkies unterbrochen. Es knackte und eine Stimme ertönte, an der Axel sofort Volkmann erkannte.

„Sören?", fragte Volkmann in beiläufigem Ton. Schulz drehte mit einer schnellen Bewegung Axels Finger, bis er an Behrendts Handrücken anlag, und umklammerte beide mit einer Hand. Mit der anderen zog er offensichtlich das Funkgerät hervor, denn sie hörten das Knacken, als er auf die Senden-Taste drückte.

„Hier Sören. Wie sieht es aus? Over."

Es knackte wieder, statisches Rauschen war zu hören, dann kam die ruhige Stimme von Volkmann.

„Die Aktion ist gelaufen. Die Katze ist im Sack. Du kannst abbrechen."

Schulz beugte sich vor, sodass er auf Axel und Behrendt heruntersehen konnte.

„Das wird die Kollegen Behrendt und Schröder freuen. Over and out."

Schulz ließ die beiden los, ging um sie herum und hockte sich im Schneidersitz vor ihnen auf den Boden.

„Tja, Kollegen", sagte er und lächelte sie dabei liebenswürdig an.

„Ich glaube, ich bin euch eine Erklärung schuldig."

Die Supermotos hinter ihnen hatten eine weitere Runde absolviert und brausten mit einem enormen Lärmpegel an ihnen vorüber. Axel massierte seinen Finger, während Behrendt stöhnend sein Handgelenk rieb. Er schob sich seine Brille wieder auf die Nase und bemühte sich, seine Autorität zurückzugewinnen.

„Schulz, das wird Konsequenzen haben. Egal, was aus den anderen Anschuldigungen gegen Sie wird, für dieses Verhalten werden Sie bezahlen."

Schulz nickte schuldbewusst, grinste dabei aber weiter lausbübisch.

„Lieber Hauptkommissar, bei allem Respekt. Das verdrehte Handgelenk haben Sie sich selbst zuzuschreiben. Sie und Kollege Schröder haben in den letzten Tagen alles dafür getan, dass fünf Monate verdeckte Ermittlung beinahe hinfällig geworden wären. Vor wenigen Minuten haben wir eine Gruppe internationaler Waffenschieber verhaftet, die in einem Scheingeschäft eine Probe atomwaffenfähigen Materials von mir gekauft haben. Nachdem der Kurier dieser Gruppe mich am Freitag im Parkhaus eigenmächtig mit einer Kugel statt mit Bargeld bezahlen wollte, mussten wir mich als Aussteiger und Verräter darstellen, damit diese Leute zu einem zweiten Treffen bereit waren. Mit der Veröffentlichung des Überwachungs-Videos aus dem Parkhaus durch die Presse konnten wir denen wenigstens beweisen, dass ich in Notwehr geschossen habe. Und euch beiden haben wir oft genug gesagt, auf die nette und auf die weniger nette Art: Haltet euch da raus, bis es vorbei ist. Und was macht der Superagent Schröder? Hetzt mich quer durch Köln und platzt mitten in die Geldübergabe und die Festnahme herein. Was blieb mir anders übrig, als dich so schnell wie möglich aus der Schusslinie zu ziehen? Habe mir schon gedacht, dass du dir lieber eine Verfolgungsfahrt mit mir lieferst, als zwei dunkeläugige Herren in einem Mercedes nach ihren Papieren zu fragen."

Behrendt blickte Schulz fassungslos an. Auch wenn er anfing, die Geschichte zu glauben, war seine Empörung noch lange nicht verraucht.

„Und warum verdammt noch mal haben dann weder Volkmann noch einer der Knackärsche aus dem Ministerium mich eingeweiht?"

Schulz blickte zu Schröder und dann wieder zu Behrendt.

„Weil Ihre Abteilung nicht vertrauenswürdig ist. Sie haben eine undichte Stelle. In den Monaten meiner verdeckten Ermittlung wussten meine iranischen Geschäftspartner alles über mich. Ich musste mir einen ganz schön zweifelhaften Lebenswandel zulegen, damit die mir meine Verkaufsabsichten glaubten."

„Willst du etwa sagen …?"

Axel wollte mit einer empörten Geste auf Schulz zeigen, hatte aber den Zustand seines Zeigefingers nicht bedacht und legte stattdessen beide Hände in den Schoß.

„Denkst du wirklich, dass ich …?"

„Nein, das denke ich nicht", unterbrach ihn Schulz.

„Ich denke eher an einen anderen Kollegen von dir. Jemand, der mit dir durch dick und dünn geht, wenn du weißt, was ich meine. Das Problem ist, wir haben keine Beweise. Aber die kriegen wir jetzt hoffentlich durch die Verhöre der Verhafteten. Wir haben die beiden Männer im Mercedes festgesetzt und weitere sechs Personen in Düsseldorf und Berlin. Einen davon werden wir zum Reden bringen."

Die Supermotos hatten die letzte Runde des Rennens absolviert und brachten sie mit ihrem Lärm für eine paar Sekunden zum Schweigen. Schulz ließ den Blick zwischen den beiden hin- und herschweifen. An ihrem Gesichtsausdruck konnte er ablesen, dass er noch einige Überzeugungsarbeit zu leisten hatte.

„Du fragst dich bestimmt, ob du einem tablettensüchtigen

Speedfresser auch nur ein Wort glauben kannst, habe ich Recht, Kommissar?"

Axel erinnerte sich daran, wie gierig Schulz in Assen die Aufputschmittel in sich hineingekippt hatte. Eine solche Sucht legte man sich nicht zur Tarnung an, ohne von ihr beherrscht zu werden.

„Auch wenn alles stimmt, was du uns hier erzählst, steht dir ein übler Drogenentzug bevor. Bis dahin kannst du dir selbst nichts glauben."

Sörens Grinsen wurde wieder breiter.

„Meinst du? Dann lade ich dich mal auf eine Runde Highspeed-Droge ein."

Er holte einen Plastikbeutel voller ovaler Tabletten aus der Brusttasche, wie Axel ihn aus Assen kannte. Schulz schüttete sich einige Tabletten in die Hand und reichte den Beutel dann an Axel weiter.

„Nimm ein paar. Wird dir guttun."

Axel hielt den Beutel angewidert weit von sich.

„Auf keinen Fall. Ich will mit dem Dreckszeug nichts zu schaffen haben."

Sörens Grinsen nahm jetzt sehr viel Platz in seinem Gesicht ein.

„Seit wann sind Vitamin-Tabletten Dreckszeug? Kann sein, dass sie nicht besonders viel helfen, aber schädlich sind die auf keinen Fall."

Behrendts Hand näherte sich langsam dem Plastikbeutel und nahm eine der Tabletten heraus. Er hielt sie sich nah an seine Brille und beäugte sie ausgiebig. Dann steckte er sie sich in den Mund und schluckte sie runter.

„Prosano-Tabletten, kenne ich. Die sind gut, ich nehme die täglich", sagte er etwas verlegen.

Schulz und Axel sahen ihn erstaunt an.

„Naja, die sollen gut für die Haare sein. Ihr wisst schon."

Unwillkürlich blickten beide auf Behrendts schütteren Haaransatz. Axel griff in den Beutel und nahm vier Tabletten heraus.

„Na dann. Auf Haare wie Schröder. Den Ex-Kanzler."

Er schluckte die Tabletten, bevor sich ihr Geschmack in seinem Mund ausbreiten konnte. Ein VW-Bus näherte sich langsam von der anderen Seite der Halle. Axel erkannte Volkmann auf dem Beifahrersitz und stand auf. Die Erinnerung an ihre letzte Begegnung sorgte bei ihm für ausgeprägte Wachsamkeit. Schulz und Behrendt standen mit ihm auf und erwarteten den VW-Bus. Volkmann sprang sehr dynamisch aus dem noch rollenden Fahrzeug und kam zu ihnen herüber. Hinter ihm öffnete sich die Schiebetür des Wagens und spuckte ein paar der kurzhaarigen Kraftpakete in Tarnjacken aus. Volkmann hielt Axel die Hand hin und Axel war so blöde, sie zu schütteln. Natürlich drückte Volkmann seine Hand betont männlich mit zu viel Kraft und großen Schüttelbewegungen. Und selbstverständlich wurde Axels Zeigefinger dabei im schmerzenden Gelenk bewegt.

„Schröder!", sagte Volkmann mit lauter Stimme, „ich muss mich entschuldigen. Tut mir leid, das mit Ihrem Hals. Hoffe, Ihre schöne Stimme hat keinen Schaden genommen. Nehme an, Schulz hat Sie mittlerweile ins Bild gesetzt."

Volkmann fixierte Axel mit einem durchdringenden Blick, während er ihm weiter heftig die Hand schüttelte.

„Mein Gott, Sie weinen ja, Schröder. War die Belastung zu groß, oder was?"

Schulz beendete das Händeschütteln und zog Axel einen Schritt zurück.

„Kollege Schröder hat ein leicht lädiertes Fingergelenk und das möchte nicht geschüttelt werden. Ich musste die beiden vorübergehend ruhigstellen, bis euer Einsatz beendet war."

Volkmann schaute auf Axels Zeigefinger und nickte.

„Ja, eine hervorragende Fixiertechnik, haben wir schließlich oft genug geübt. Also, Schröder, seien Sie nicht nachtragend, okay? Kommen Sie doch mal regelmäßig zum Training, dann zeige ich Ihnen, wie man einen Fingerstoß zum Kehlkopf pariert. Und Behrendt, nichts für ungut, nicht wahr? Den Mistkerl in Ihrer Abteilung finden wir noch, das schwöre ich Ihnen."

„Ich möchte einen Vorschlag machen."

Schulz wartete, bis ihn alle aufmerksam ansahen.

„Zur allgemeinen Verbesserung des Betriebsklimas zwischen uns, als Wiedergutmachung für einen gequetschten Kehlkopf und einen nächtlichen Hausbesuch – und einen Benzinfleck auf dem Rücken eines sehr geschmackvollen Trenchcoats – würde ich die Herren gerne am kommenden Freitag zum letzten Renntraining der Saison nach Assen einladen. Transport und Unterkunft in einem Transporter inklusive, Verpflegung durch Grillgut und Kaltgetränke. Rennluft garantiert, Zugang zum Fahrerlager möglich. Und für den Kollegen Schulz ein kostenloser Startplatz beim Renntraining. Wie hört sich das an?"

Behrendt guckte zweifelnd, aber Volkmann brach das Eis, indem er vertraulich nah an Behrendt herantrat.

„Wir beide werden dann acht Stunden lang ununterbrochen Interna austauschen, einverstanden? Das wird ein Spaß!"

Schulz seinerseits trat nah an Axel heran. Er ließ den Kopf hängen und es dauerte einen Augenblick, bis er ihn hob und Axel voll in die Augen sah.

„Und ich würde mich freuen, wenn ich mit dir über meinen Todesschuss reden könnte. Ich habe in den letzten Tagen verdrängen müssen, dass ich einen Menschen getötet habe. Aber es nagt an mir und macht mich fertig, auch wenn ich in Notwehr geschossen habe. Ich brauche einen Freund, mit dem ich darüber reden kann. Bist du dazu bereit?"

Axel blickte in die blauen Augen von Schulz und bemerkte

auf ihrem Grund ein leichtes Flackern. Axel war auf unerklärliche Weise froh.

„Sehr gerne, Sören. Ich bin jederzeit für dich da", sagte er und er meinte das auch so.

16.

Ein paar Stunden später machte Axel einen Abstecher in sein Büro. Er hatte zwar jetzt wieder Urlaub, aber so schnell konnte er nicht umschalten. Er hing möglichst schlaff in seinem Arbeitssessel und checkte halbherzig die Mails, die seit Freitag für ihn eingetroffen waren. Fast hätte er den Spam-Ordner komplett gelöscht, ohne ihn zu kontrollieren, dann klickte er aber doch die Übersicht der vorhandenen Mails an. Er richtete sich elektrisiert auf. Unter „Mail von" stand die Absenderadresse annabelle.duchamps@poste.fr und als Betreff erschien „message de salutations". Und Axel las:

„Axel Lieber,

weil ich nicht kann Sprache Deutsch, macht Google language tools Übersetzung für mich.

Ich war überrascht, dass du so schnell verschwunden. Ich knallte eine Tür im ersten Stock, ich hoffe, dass es dich nicht erschrocken. Auf jeden Fall ist mir eine Freude, dein Wissen. Manchmal denke ich an unsere kurze Fahrt entfernt. Es würde mich freuen, dich wiederzusehen. Möglicherweise kehrt du eines Tages von Bourg St. Maurice und in diesem Fall ist mir absolut Zeichen! Auf jeden Fall wünsche ich dir gute Fahrt und viel Spaß mit deinem Z. Ich glaube, dass meine CBR gefällt mir trotzdem besser.

Zarte Grüße

Annabelle"

Axel rutschte wieder in seinem Sessel herunter, bis er fast in

Augenhöhe mit der Tischplatte war. Zarte Grüße von Annabelle! Die eine Tür im ersten Stock knallte! Und für die sein Wissen eine Freude war! Er schloss die Augen und sah den dunklen Raum mit dem Blick auf die Apfelbäume vor sich. Wenn er sein Handy rechtzeitig ausgestellt hätte, wären ihm eine lange Fahrt und anstrengende Tage erspart geblieben. Und sein Französisch wäre mittlerweile vielleicht schon um einiges besser. Hatte er eigentlich seinen Urlaub im kommenden Frühjahr schon eingetragen? Die lange Tour nach Frankreich musste unbedingt nachgeholt werden.

„Ein erschöpfter Kommissar an seinem Arbeitsplatz. Wenn das kein rührender Anblick ist ..."

Dünnes Stimme ließ Axel hochschrecken. Er drehte sich langsam mit seinem Arbeitssessel um und blickte hoch zu Dünne. Der lehnte am Türrahmen und lächelte freundlich. Axel lächelte widerwillig zurück. Welch furchtbare Macht ein Verdacht haben konnte! Wie sollte er sich dem Kollegen gegenüber verhalten? Am liebsten wäre er gar nicht da.

„Ich bin gar nicht hier", sagte er.

„Habe nur kurz Mails gecheckt und jetzt bin ich wieder weg, in den verdienten Urlaub. In der nächsten Woche komme ich zurück, dann reden wir weiter."

„Jetzt sehe ich es auch, du bist gar nicht hier. Dann reden wir in der nächsten Woche. Falls ich dann hier bin."

Dünne salutierte ironisch und zog sich zurück. Axel blickte auf den leeren Türrahmen. Wie hatte er das gemeint?

17.

Wiedergutmachung macht alles wieder gut. Axel faltete sich auf der langen Geraden von Start-und-Ziel so klein wie möglich auf der Z zusammen. Der gestrige Abend mit Volkmann, Behrendt und Schulz war extrem kurzweilig und hochprozentig gewesen, am Morgen hatte die Sonne zu scheinen begonnen und bisher keine Pause gemacht, die Rundenzeiten purzelten und die Z lief wie ein Meistermotorrad. Außerdem hatte er zwischen Dienstagabend und Freitagfrüh geschätzte 30 Stunden geschlafen. Entsprechend gut gelaunt raste er nun die Boxenmauer in Assen entlang. Er war sich sicher, sobald er die Linie überfahren hatte, auf der sonst der Rennleiter mit der schwarz-weiß karierten Flagge das Rennen abwinkte, würde er die schnellste Runde des Tages beginnen. Er zog ein wenig nach rechts, um so nah wie möglich an der Boxenmauer entlangfahren zu können. Die Köpfe von Volkmann, Behrendt und Schulz tauchten auf und jetzt rissen sie sogar die Arme hoch und machten eine Mini-La-Ola für ihn. Axel grinste, löste die linke Hand vom Lenker und hielt ihnen Zeige- und Mittelfinger als V-Zeichen entgegen. Dann musste er sich beeilen, wieder auf die andere Seite der Strecke zu steuern, um an der richtigen Stelle in die schnelle Rechtskurve abwinkeln zu können. Er fühlte sich sicher und entspannt. Sein alter Bremspunkt flog vorbei und auch der nächste, an dem er in der zurückliegenden Runde gebremst hatte. Die Neuronen in seinem Großhirn formierten sich zu zügellosen Schreckensbotschaften und überfluteten seine Nervenbahnen damit, aber er ignorierte sie und bremste immer noch nicht. Schließlich ließ er es doch zu, dass die Bremskolben an den beiden Scheibenbremsen der Z seine Bewegungsenergie vernichteten und ihn verlangsamten. Er verlagerte sein Gewicht und ließ die Z in die Kurve fallen. Die zeichnete einen perfekten Halbkreis in die Kurvenlinie, während sie dem Asphalt folgte. Und plötzlich war der Asphalt zu Ende und Axel am Rand der Fahrbahn angekommen. Die Z hatte immer noch ungestillten Vorwärtsdrang und verließ die Strecke. Axel blieb auf der Z sitzen und fuhr mit ihr in den Kies der Streckenbegrenzung. Dann stürzte er.

Frank Marx

Frank Marx wurde innerhalb der Kölner Ringe geboren und treibt sich seitdem in der Domstadt herum. Beruflich ging es bei ihm immer irgendwie um Bücher, nach einiger Zeit auch ums Schreiben. „Tödlicher Speed" ist sein zweiter Krimi und sein sechstes Buch unter verschiedenen Pseudonymen. Er bewegt das ganz Jahr über Motorräder auf Rennstrecken, Landstraßen und in der Stadt. Krimi schreiben und Motorrad fahren betreibt er mit ähnlicher Leidenschaft. Motorradfahren ist ja auch genauso spannend wie ein guter Krimi ...